Takakuwa Sakae
高桑サカエ

移りゆく季節に

文芸社

移りゆく季節に

もくじ

学校と私

暮らしの中で

中扉イラスト／高桑サカエ

学校と私

十年ひと昔

「先生」と声をかけられ、「あらっ」と、のぞきこむと、見覚えのある幼顔がほほ笑んでいた。後ろ姿はもう一人前の青年で、通りすがりでは気がつくはずもない。

あれからもう十年もたったのだ。立派になったなあと、つくづく歳月の重みを思う。

高島第三小学校が開校したころの高島平は、建設的な清新な気分の中にも田園ののどかさがあった。時間がゆったりと流れていた。朝礼の静寂の中に雲雀《ひばり》のさえずりがひとしきり、その向こうから団地の杭《くい》打《う》ちの音が遠く響く。冬は霧が多く、辺りがしっとりとして空気が甘かった。

春になれば三中予定地から南風とともに大砂塵《さじん》が押し寄せた。でも、そのあとは一面のツクシ、タンポポ、シロツメクサ……。

生徒は皆お利口さんで気立ての良い子ばかり。先生たちが「通知表のつけようがない」と悩むほどだった。新設校を皆で作っていった懐かしい思い出はいつまでも消えない。

先生の失敗

私は小学校教師を三十八年勤めた。振り返ってみて特に思うことは、全教科を教えるつらさである。昭和二十一年師範卒業のとき、校長先生はこうおっしゃった。「あなた方は、何でも広く浅くできる人になりなさい。畑も耕せる、ピアノも弾ける……」と。今思い出しても、恥ずかしくて身を縮めたくなることが幾つもある。

教師になったあくる年の三月、卒業式で歌う「蛍の光」の伴奏をすることになった。自信はあったが、厳粛な雰囲気の中で間違えたらどうしようという不安で、前夜は寝つきが悪かった。

当日、弾き始めはうまくいった。生徒の声を聞く余裕もあった。が、途中で急に顔がカーッと熱くなって、音符が見えなくなってしまった。指は勝手に動いていた。ほんの一、二秒で冷静さをとり戻したとはいえ、あとはフォルテもピアニッシモもない無表情な伴奏になってしまった。もっと弾き込んで暗譜しておけばよかった、と後悔した。

四十代のとき三年生を担任した。体育はもともと得意ではなかった。跳び箱の「閉脚跳び」の説明をしてから、上手な子に示範させようとしたら「先生、やってよ」と言われて、引っ込みがつかなくなってしまった。それに私自身やれそうな気もしていた。四段の跳び箱めがけて走った。胸に膝をつけて跳び越すはずだった。が、台上で足がつかえてしまった。「ワアッ」と子供たちの残酷な笑い。私は「ひとの失敗を笑うんじゃないっ」と怒鳴ったとたん、自分でもおかしくなって吹き出してしまった。笑いながら涙が出た。

先生の失敗は反面教師になると思う。でも技術的なことは優れているにこしたことはない。生徒は教師の立派な技《わざ》に感嘆し、憧れるものである。小学校の各教科に専門家をもっとふやすべきだ。

T君のおやつ

色黒で丸っこい感じの男の子だった。「先生っ」とそばに寄って来ると、ムッとする熱気があった。鼻のあたまに、いつも汗が浮いていた。T君は私の受け持ちの小学二年生。

ある日の夕方、私は近道をしようとして、小さな路地に入った。すると、積み上げられた古材の上に、クラスの子供たちが数人、たむろしていた。

「あっ、先生。今帰るの？」

「そうよ。もう六時だから、おうちへ帰りなさい」

「だって、明るいもん……」

ふと見ると、少し離れてT君がアイスクリームをなめている。

「T君、みんなの前で、自分だけなめるなんていけないよ」

「だって、これはおれのお八つなんだよ」

彼は不服そうに口をとがらせた。毎日お菓子のかわりに三十円もらって、好きなものを買っているという。

「先生、いいんだよ。僕たちほしくない」

ほかの子供たちは納得していて、さっぱりしたものである。私が口を出すことはなかったかもしれない。

「うまいぞー」

T君はいい気になって、クリームを高くかかげてから、S君、N君の鼻先へもっていって見せびらかした。そしてペロリとなめようとしたとき、どうしたはずみか盛り上がっていた白いかたまりが、ペチャッと地面に落ちてしまった。

「あーあ」

みんなため息まじりに、流れ出したクリームを見つめた。もう、どうしようもない。

翌日の放課後、T君がそうっと私のそばへ寄ってきた。

「先生、やっぱり自分だけなめるのはいけないんだね。おれ、バチが当たっちゃった」

あれから三十年が過ぎた。彼はその後、仙台へ移ったという。今ごろは立派なお父さんになっていることだろう。

いたわり

Ｈ君は今、Ｃ大学の研修医である。県下の病院へ手助けに行くこともあって、かなり忙しいらしい。

春休みも終わるころ、前ぶれもなく突然わが家にやってきた。長い間ごぶさただったが、病後の不安定な私のために、わざわざお見舞いにきてくれたのである。立派な青年になっていた。うれしかった。

「僕は、老人のボケに音楽療法を取り入れたら、と思うんですよ」

「…………」

「あちこちの施設に行きましたが、悲惨ですよ。元大学教授がコンピューター用紙だといって、トイレットペーパーを必死になって集めたりするんですから。そういう人でも、バッハなんか弾いてあげると、表情が優しくなるんです」

彼は小学校のころはピアノが得意だった。進学校に行ってからも、中学・高校でフルート、そして今はビオラをやっていると言う。

「君のピアノ聴きたいな」

「寮にピアノがないから、練習してないんですよ」

と言いながらも、暗譜で二声のインベンションを弾いてくれた。柔らかいタッチの美しい音色である。単調で人の心にしみ入るようなバッハの曲は、心さまよう患者に適していると思った。

「先生、ピアノ続けていますか？」

「いえ、このごろはとんとご無沙汰よ」

「ボケ防止にいいんですけどねえ」

「恐れ入ります。ボケの心配まで……」

優しい目の奥に、年寄りへのいたわりがあった。

彼らが卒業してから十三年たった。当時は田中首相が「十の反省、十の大切」とかいって、道徳教育を強調していた。でも学校では、それによってどうこうするということはなかった。

とってつけたような道徳教育をしなくても、若者は自然に「弱い者への愛、老人へのいたわり」を身につけていたのだ。

バッハ弾く君は明日より研修医やさしき音色失わずあれ

(『朝日歌壇』掲載)

ぼけ封じ

三十数年昔の教え子たちと、一泊の浅間旅行に出かけた。みんな四十代後半の働き盛りである。年相応に衰えを感じている私は、スムーズに動けるかな、と少々不安だった。

一日目は秋晴れの名所巡りを無事に終わり、二日目は山麓にある鎌倉観音堂に行った。ご本尊様にお詣りしてから、和讃帖や南天箸などのお土産を買った。天明の大噴火ゆかりの地なので、生死を分けた石段と、茅葺きのお堂が、ことのほか心にしみた。写真を何枚も撮った。

それから境内を回り石塔群を見ているうちに、ふと手元が軽いのに気がついた。

「あれ？　お土産がない。財布もない」

あわててハンドバッグを探り、ポケットを押さえた。

「先生、どうしたんですか」

「ええ、あのお土産と財布が……」

なま返事をしながら辺りをキョロキョロ。

「大丈夫ですよ。観音様の前で悪いことする人いませんから」

という言葉もうわの空。

道を引き返して、コスモスの植え込みに来たとき、

「あった！」

思わず叫んでしまった。お土産と派手な草色の財布が、縁石の上にちゃんと置いてあったのだ。カメラを構えたとき忘れたらしい。

そして、手にとったお土産の南天箸には、「ぼけ封じ」と、箸紙に大きく朱書きしてあった。私は、おかしいやら、恥ずかしいやら、穴があったら入りたい心境だった。

これからは、せいぜい南天箸を愛用してご利益を期待することにしよう。

タンポポ

五月の初め、教え子のSさんが、彫刻の創型展の招待券を送ってきた。私は展覧会は疲れるので、あまり気が進まなかったが、彼女の手紙の文面に心ひかれた。

――私の中で少しずつ育てていたものが、やっと熟して一つの形になりました――

四十代最後になっての初入選だという。

彼女はプロではない。高校を出て彫刻家と結婚し、夫婦で木彫教室をやっていると聞いていたが、彼女自身が打ち込んでいるとは知らなかった。

十六日に、小学教師だったころの同僚Aさんを誘って、上野の美術館へ出かけた。入口でもらった出品目録を見ると、中堅の作家が名を連ねている。父が亡くなったとき、仏像を依頼したOさんの名もあった。

Sさんの作品は「野原」と題して、公募入選の第四室にあった。

幼い女の子の等身大の立像である。真っすぐな背中が大きなおかっぱ頭を支え、太い両足がしっかり大地を踏みしめている。右手にタンポポの花が一つ。何を意味しているのだろう。細部を省略した、楠の木肌そのままの素朴な像である。けなげな生命力が伝わってくる。

ふと一年生のときのSさんを思い出した。

「あの子に、こんな才能があるなんて思わなかったわね」

「ええ、絵だって、粘土だって、何も印象に残ってないわ」

Aさんも同じことを考えていたのだ。遠く昭和二十四、五年のことである。

「私たち、不明の教師だったわけね」

「今だったら、とても教師なんか務まらないわね」

思わず顔を見合わせて笑ってしまった。

私は、Sさんは幸せだな、と思った。この世には、花開かない才能も数多くあるのだ。

地図

地図というと、ずっと昔、参謀本部の地図といった五万分の一を思い出す。

昭和十年代の小学生のころ、毎年夏休みに母の実家へ泊まりに行った。そこは中央本線の上野原の一つ先、四方津《しおつ》から桂川の支流をさかのぼった、山ふところにある集落だった。ふつうの地図には載っていなくて、参謀本部の五万分の一だけに、千足という地名があった。

私はどういうわけか石に興味があって、その辺りの沢を歩くのが好きだった。

あるとき、村の水源になっている沢で珍しい石を拾った。石英の白が混じった黄土色で、くぼみにキラリと光る薄片が幾つもついていた。「金を見つけたよ」と、家中に触れ回ったが、「まさか?」と、相手にされなかった。あとで、それが単なる黄銅鉱だと分かっても、うれしかった。父からもらった五万分の一「上野原」の中に、それらしい沢を探して赤丸をつけた。

師範学校に入ってからも、長瀞《ながとろ》や五日市に化石を探しに行ったり、奥秩父や郡内《ぐんない》地方の山に登るとき、いつも五万分の一をたよりにした。コースに赤線を引きながら計画を立てた。——集落を出て谷に下り、橋を渡って山裾を巻き、杣道《そまみち》に入る……。間のつまった等高線に急坂を思い、ゴマ粒のような山小屋の印にほっとした。

昭和二十年に戦争が終わって、長い年月が過ぎた。

平成二年の春、奥多摩へ俳句の吟行をした。霧が流れる杉林の奥に、ふと源流の山々を思った。

「昔、参謀本部の地図を見ながら、雲取山《くもとりやま》や大菩薩峠に登ったのよ」と、友人に言うと、

「何言ってるの、建設省国土地理院の地図でしょ」と、笑われてしまった。

サンダル履き

五十人ほど入る講義室は満員だった。二時間にわたる「芭蕉講座」が終わって、ほっとした空気が流れた。

ざわざわと帰り始めた人たちにまじって、私も通路に出ようとした。

「あっ」

カチカチッというパイプ椅子の金属音と同時に、六十キロ近い体が宙を泳いだ。ドタン！　カーペットの床に投げ出されて、何が何だか分からなかった。

「まあ、危ない」

「お怪我は」

「お年ね」

まわりの人たちが、いっせいに何か言った。私は恥ずかしさと痛さで、動けなかった。

「サンダルなんか履いてきたものだから」

ひとりで言いわけをしながら、のろのろと立ち上がった。

「大したことなくて、よかったですね。うちの九十になるおバアちゃんなんか、おふとんの上でも転ぶんですよ」

（ええっ？　私はまだ六十代ですよ）

声の主は、きちんとしたツーピース姿で、ローヒールのパンプスを履いていた。

昔から、服装については自信がなかった。小学校のころ「○○さん、勉強できるがだらしない」と、友達に節《ふし》をつけてはやし立てられた。靴下の片方がゆるんでいたり、セーターを裏返しに着ていたりしても、人に言われないと気がつかなかった。

成人して教師になってからは「きちんとした服装は安全に通じる」と、校長さんにきびしく言われた。とくに靴のかかとを踏むことと、サンダル履きは禁止されていた。

今でも、外出するときは夫に声をかける。ファッションモデルのようにくるりと回って、「ねえ、みっともなくない」と聞く。

転んだ日は、近くの図書館ということで、つい昔のだらしのない私が顔を出してしまったのである。

青が好き

外出先で妹親子に笑われた。

「お姉さん、全然似合わないわ。コートが黒で、バッグがブルーなんて」

「おばちゃん、色彩感覚ゼロだね」

むっとしたが肯定しないわけにはいかない。私自身そう思っているのだ。ハンドバッグや旅行鞄を買うとき、いつも何となく青系統のものを選んでしまうのだ。洋服と似合わなくてもおかまいなしである。

事の起こりは、女子師範付属小学校高等科の入学のときである。一クラス二十名で、教師の子女が多く、きちんとした秀才ばかりだった。その中で、私は何の取り柄もない平凡な存在で、成績も下から数えたほうが早かった。

ある日、色彩についての授業があった。人の容姿にも青系統と茶系統があるという話になったとき、ぐるりと生徒を見回した先生の目が、私のところで止まった。

「君、ちょっといらっしゃい」

もう一人茶系統に選ばれたのは、足首のきゅっとしまった陸上選手のMさんだった。壇上に並んだ二人に、クラス中の視線が集中した。先生が続けた。

「みんな、よく見てごらん。青が似合うか茶色が似合うか、分かるでしょう」

何で私が青系統なのかなあ、と思いながらも、とてもうれしかった。空の青、海の紺青、朝顔の紫紺……みんな好きだったから。

それからというもの、制服の色は変えられないので、ハンカチや手袋などの小物はみんな青系統にした。手提げ鞄も、藍色で上品な光沢のある牛革製が欲しかったが、戦時中の物不足が始まっていて、革といえばボッボッと穴のあいた豚革しかなかった。

卒業して就職してからも、スタイルには自信がなかったが、青を基調にした洋服は、それなりにさまになった。よくいえば、ふくよか。ありていにいえば脂肪質のおデブさん。しかも胴長短足。そんな私でも、濃紺のスーツに同色のパンプスというでたちは先生らしかった。

左手

先日ピアノの調律をしたので、久しぶりにバッハの小曲を弾いてみた。冴えた張りのある音で、一音一音がはっきり聴こえる。ノン・レガートの曲にはちょうどいい。

ピアノを始めたのは戦時中、師範の予科生のときだった。小学唱歌の伴奏ができるように、と教科の中に組み込まれていた。でも終戦近くなると、大事にされていた師範生も勤労動員され、ピアノどころではなくなってしまった。

こうして、ろくな勉強もしないうちに昭和二十一年春、卒業して教師になった。実力のない私は、入学式や卒業式の歌の伴奏をさせられるたびにハラハラドキドキ。しかたなしにお給料をはたいて個人教授についた。

先生は上野の音楽学校出の五十がらみのオバさんで、ずけずけとものを言う人だった。

「あんたは手が小さいから、ものにならないよ」

そんなことは先刻承知。私は「蛍の光」の伴奏ができればよかったのだ。

「左手が強過ぎて、右手の邪魔しているよ」

父が左利きだったから遺伝かも。それでも子供たちは楽しそうに歌ってくれたのだ。

三十代、四十代を夢中になって働き、五十代になってほっとしたとき、再びピアノを習いたくなった。

今度の先生はお姉さんピアニストで、くたびれたオバさん生徒の面倒をよく見てくれた。ハノン教本で指慣らしをしてから、バッハのインベンションに進んだ。この曲集は主題が左右交替に現れたり、二つの主題を同時に歌ったりするので、左手が強くても気にならなかった。

ある日、先生の前で弾いていると急に目の前の楽譜が見えなくなった。暗譜もしていたのに頭の中は空っぽ。一瞬真っ白になったが、私の指は平然と動いていた。右手はトリルを繰り返し、左手はしっかりとメロディーを歌っていた。ほんの二、三秒の間、指にも意志があるかのようだった。私は「指が覚えしピアノ弾く」というだれかの句を思い出した。

還暦を過ぎてからは、ピアノを弾くのがおっくうになった。売ってしまおうかとも思うのだが、なかなかふんぎりがつかない。何しろ私の子供のころは、ピアノは「憧れの光」だったのだから。

暮らしの中で

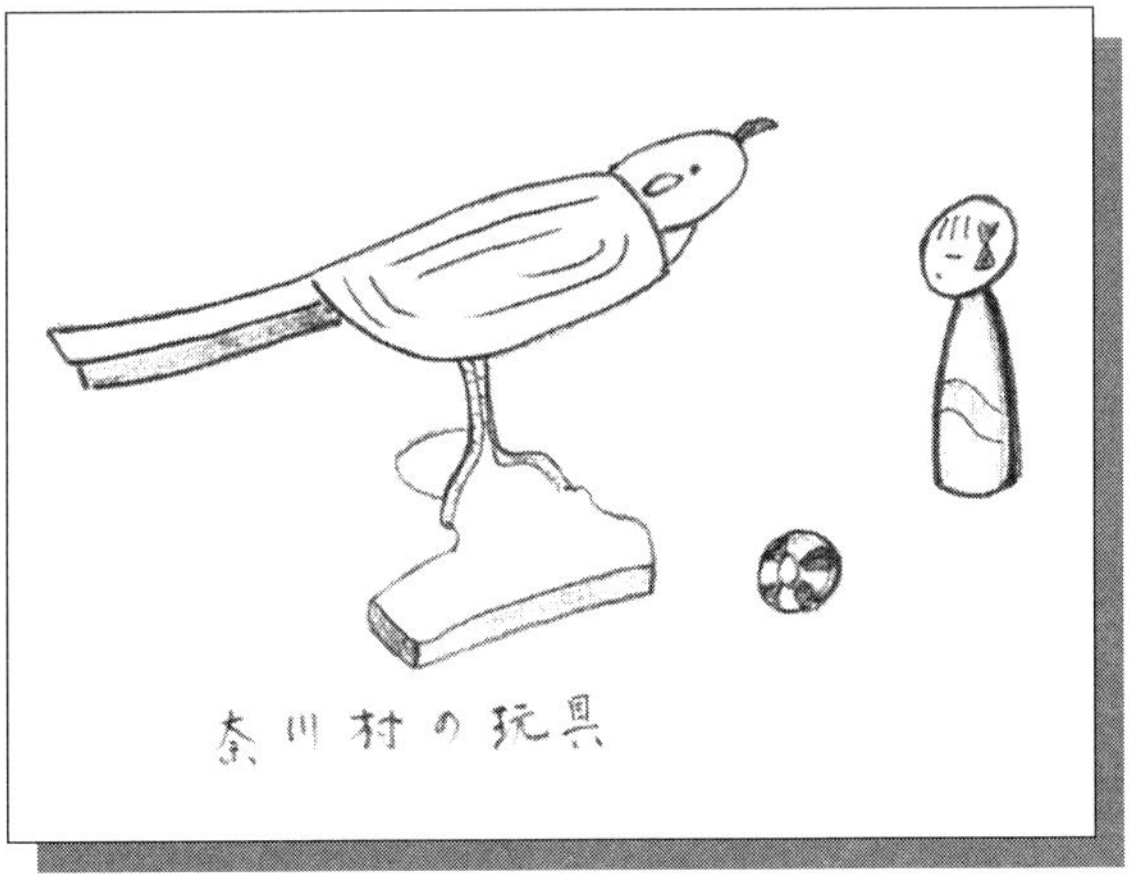

炭火になった臼

昭和二十年四月十三日の朝、避難先から戻った私は、真っ黒な瓦礫となったわが家を見た。前夜、東京空襲のさなかに逃げ出した私の部屋には、やっと手に入れたばかりの赤い絹の傘があった。夢中で読みふけっていた『我の自覚史』という本もあった。それらがすべて、忽然と消えてしまっていた。

にわかに見通しのよくなった池袋の町は、くすぶり続ける煙の中に、人々の姿がシルエットのように動いているだけだった。私は焼け焦げる臭いにむせながら呆然としていた。

家の周囲を調べていた父が、何かを見つけたらしく私を呼んだ。大きな炭火のような塊が小さい焔を上げていた。真っ赤な火の塊は、正月の餅つき用の臼だった。私と父は、黙ったままじっと火の色を見つめた。

私が子供のころは、暮れの町に笹竹や松飾りが目立ち始めると、あちこちの家から餅つきの音が響いた。わが家でも毎年十二月二十八日に、親類や父の職場の若い人が集まって餅つきをした。

前夜から仕込んだ餅米が、何段ものセイロの中で蒸気を上げた。堅い欅《けやき》の臼の中に蒸し米を入れると、まず父が杵《きね》を持った。母が水をつけながら手返しをした。次から次へとお供えやのし餅が作られ、大人たちは忙しく活気に満ちていた。お手伝いを断られた子供たちは、ウロウロしながらあんころ餅のできるのを待った。

わが家が焼け落ちた日、一晩中見守っていた父は憔悴しきっていた。私はその背中を見て、もう親に寄りかかって生きる日々は終わった、と思った。「お父さん、こんどは私が力になりますよ」と、心の中で呼びかけていた。十八歳だった。

お風呂

私はお風呂はあまり好きではない。普通の湯温では、じきにのぼせて顔がほてってしまうのだ。これはどうやら遺伝体質らしい。

幼いころ、湯舟にじっと浸かっているのがいやで、何度も逃げ出したことがある。母はよく、私の両肩をつかまえて「十数えたら出ようね」と言った。言いながら母も赤い顔をして、額にいっぱい汗を浮かべていた。

大人になっても「烏の行水」だった。お風呂は清潔のためのものであって、体を温めるとか、痛みを取り去るとか……そうしたことは念頭になかった。

ところが、二十代のある年の夏、白馬岳《しろうまだけ》の鑓《やり》温泉に行って考えが変わった。

その日、私と友人のKさんは、白馬本峰から南へコースをとった。鑓、杓子《しやくし》と続く稜線は大した起伏もなかったが、私は前日からの頭痛に悩まされていた。行くほどに食欲もなくなり、吐き気すらしてきて、一刻も早く下山したかった。鑓温泉への分岐点からは、山霧の白い闇の中をひたすら下った。岩屑のザクも大出原のお花畑も目に入らなかった。

温泉は草つきの斜面の一隅にあった。素通りするつもりだったが、登山道のすぐそばの小屋に「女性用」とあったので、ひょいと覗いてみた。人の気配もなく、ひっそりとしていた。石で囲った浴槽から、かすかな湯気が上がっていた。

私は状況が好転するような気がして、何のためらいもなくお湯に浸かった。ぬるい半透明の温泉だった。板壁のすきまから、遙か下界の方の夏空が見えていた。Kさんは、ずっと外で待っていてくれた。

猿倉《さるくら》へ向かって下り始めたとき、頭痛はすっかり消えていた。行き交う人に、やたらと声をかけたくなった。足元に咲くリンドウや撫子の花が、ことさら目にしみた。

私は今でも頭痛がするときは、ぬるいお風呂にゆっくり入る。たいていはそれで治る。

小さな嘴《くちばし》のあと

昭和四十年ごろ、私たち夫婦はウグイスの飼育を趣味としていた。

当時は、デパートや町の小鳥屋でもウグイスを売っていたが、夫は自分で捕獲し餌づけをした。

落としかごに熟した柿を入れて、庭石の上に置くといとも簡単に入った。でもそれからが大変だった。かごに風呂敷をかぶせて、玄関のひっそりした所へ置く。落ち着くのを待って餌づけを始める。

お砂糖の入った水気の多いすり餌を作り、餌ちょこに入れる。庭からクモやミノ虫を探してくる。時にはエビズル虫を入れることもあった。こうして祈るように見守っても、落ちて（死んで）しまうこともあった。真夜中にのぞいたとき、頭を羽に埋めて玉のようになって眠っていれば大丈夫。翌朝、餌の表面に小さな嘴のあとを見つけて、私たちは大喜びするのだった。

夫は祖父から飼い方をおそわったという。祖父は徳川の御家人の次男坊だったが、明治になって巡査や小鳥屋をやっていた。夫とは昭和初期に接点があったのだろう。『日本職人辞典』には次のような記述がある。

——鶯飼　小鳥好きが昂ずると、鳥飼で収入を得る者も生まれる。売買だけでなく音付《ねつけ》で稼ぐ道も生まれた——

今は鳥獣保護に関する法律で、野鳥の飼育は禁止されている。夫の部屋には、ウグイスかごや、障子をはめ込んだ飼桶が埃まみれになっている。

厨辺にうぐいすの声幼くてほろほろほろほろと震えながらに

うぐいす横丁

池袋に近い、とある横丁の実家の離れに住んでいたころのことである。

隣家のF氏と、向かいの社長さんと、父と私たち夫婦は、ウグイス仲間だった。十月末に入手し、正月から三月いっぱい鳴き声を楽しんで、四月初めに放すのである。

指南役は表通りの豆腐屋さんで、地主の次男である彼は世過ぎの商売よりウグイスの飼育に熱心だった。毎日のように横丁に御用聞きに来ては、ウグイスのご機嫌伺いをして、餌の食い込みが悪いからエビズル虫をやれとか、体がふくらんでいるから温かくしてやれとか、指図をしていった。

豆腐屋さんご自慢のウグイスを見に行ったことがあった。薄暗い電灯の下の濡れた三和土《たたき》に、鳥かごが幾つも置いてあった。どれにも尾のピンと張った大ぶりのが入っていた。

彼はその中の一つを無造作に持ち上げて、さっと水槽の水にくぐらせた。ウグイスは、ブル、ブルルルと風切羽をふるわせた。

「大丈夫ですか。鳥が風邪を引くでしょ」

「いいや、ウグイスは丈夫な鳥なんだよ」

そんなはずはない。水浴びは暖かい日当たりの良い所でしなければならないのに、と私は思った。豆腐屋さんは自信のほどを見せたかったのかもしれない。

二月十一日に浅草寺の伝法院で開かれる、鳴き合わせ大会に出品するのだと言った。

夜飼い（夜電灯をつけて春と錯覚させる）をしたかいがあって、寒《かん》に入ると間もなく横丁に初音がひびき渡った。隣家でケキョ、ケキョと始まると、向かいからもわが家からもホロ、ホロ、ホケキョと呼応した。朗々とした鳴き声は、ブロックや大谷石の塀を越えて表通りまで聞こえたという。

三月に社長さんの工場が倒産したとき、押しかけて来た赤鉢巻きの若者が「ここは、うぐいす横丁だな」と言った。

幾度目かの冬に、豆腐屋さんが肝臓ガンで死んだ。F氏は「まだ五十になったばかりなのに……。ウグイスの恨みかいな」と言った。

だれ言うとなく裏の雑木林に、仲間のウグイスを全部放そうということになった。夫は父にせかされて、休みの日にかごの桟《さん》を開けた。ウグイスは、木瓜《ぼけ》やリラの低木を枝移りしながら遠ざかっていった。

その後、美しいさえずりがひと月ほど続いた。横丁の人々は時折、仕事の手を止めてじっと聞き入るのだった。

雀のお宿

電話が鳴った。

「もしもし、お宅の雨樋が溢れてますよ」

と、お隣の奥さんの険しい声。

五月にしては烈しい雨だった。ザアザアという音にまじって、バシャバシャと、トタンをたたく音がしている。庭へ出てみると、二階の竪樋《たてどい》から溢れた水が下屋《げや》をたたいて、辺り一面にしぶきをあげていた。

「いやだなあ」

心配事がまたふえた。夫は何もしてくれないから、私が処理しなければならない。そう思うとゆううつだった。

数日後、近くの職人さんに来てもらった。ほっそりした若い人で、ひょいひょいと身軽に屋根に上った。

「いやあ、これはすごい雀の巣だ」

竪樋から、もじゃもじゃした小枝のかたまりを幾つも引き上げた。

「お宅の屋根は、雀のお宿だね」

煉瓦と平瓦の境目をのぞきながら、新しい巣も引き出した。雛は巣立ったあとだった。職人さんは、バケツに巣をいっぱい入れて下りて来た。

「煉瓦の下にモルタルを詰めるかね?」

と聞かれて、私は迷った。雀が困るだろう。低い所に巣を作れば猫におそわれる。それに、冬やって来るメジロは、いつも雀と一緒だった。雀を追い出せば、あの若草色の愛らしい姿を見ることはできない。チィチィという鳴き声も聞けない。さりとて、ゆううつの種は除きたい。

新聞に「わが家の屋根は雀のお宿」と投書をした。野鳥と仲良く共存する方法はないかしら、と呼びかけたつもりだったが、何の反響もなかった。

あれから一年たった。煉瓦のすきまは、モルタルでしっかりふさがれた。雀の声はめっきり減ってしまった。

白加賀

年齢を重ねるごとに、食べ物についての関心が薄くなる。梅雨が明けて、連日三十度を超す暑さになると、何を食べようという意欲もわかない。梅干し入りの海苔巻きお握りが一番おいしい。朝、多めにご飯を炊いて、小ぶりのお握りをたっぷり作っておく。老人所帯でもこれだけは残らない。

八月に入ってから、南風が運んだ湿った熱気で、耐えがたい暑さが続くようになった。クーラーの効いた部屋でぼんやりしていると、老母が梅を干しているのが見えた。「立秋過ぎの乾いた空気のほうが、いいんじゃないの」と、声をかけると、「昔から、土用の三日三晩と決まっているよ」と、取り合わない。

庭の枯れ池の縁に平らな三波石《さんば》があって、母の手ごろな物干し場になっている。大粒の、まだ青みを残した梅が、ざるの中いっぱいに並べてある。午後になって陽が回ると、次の石に移すのがまた一仕事である。

母は毎年、庭の青梅を落として漬けている。すべて目分量で勘にたよっているのに、ふしぎといつも同じ仕上がりになる。——ふっくらとして、程よい皺がよっている。塩味は少々きついが、梅特有のうま味がある。——まあ、おいしいほうだといえる。

夫は紀州の梅がいい、私は甲州の小梅がいい、と二人でぼやきながらも「ばあちゃんのプライドを傷つけるとボケるからなあ」と、ずっと自家製の梅干しで我慢している。

梅は「白加賀」という、実をたくさんつける品種である。五月末から緑色の新しい枝がニョキニョキと出てくる。剪定や消毒に追われているうちに、豆粒のようだった実は日増しに大きくなる。六月のある朝、ポトリと実の落ちる音を聞く。起き出してみると、地面のあちこちに青梅が散らばっている。収穫の合図である。

「白加賀」は花も美しい。二月初め、北風が音を立てて吹き荒れた翌朝、しんと静まり返った庭に一輪の白花を見つけたときのうれしさは、たとえようもない。八十五歳の母は「今年も生きていたよ」と、しみじみと言う。

梅の実の落つる音聞き花一輪咲きいでし日を思うかな

満天の星

「水木の小さな蕾がふくらんで、満天の星のように黄を散らしていた」

こう書き出して、私はペンを止めた。早春の庭に広がる黄の点描を「満天の星のように」と表現するのには嘘がある。私の心の中にある「満天の星」には、人間の無力感を誘う「不吉」のイメージがあるからだ。

母の故郷は、山梨県の郡内《ぐんない》地方にある小さな山村である。急斜面にわずかな平地をきり拓いて数戸の農家が点在していた。

ある年の秋、黒々とした山並みが続く中を数人の身内が夜道を急いでいた。何があったか覚えていないが、私は母の背でシクシク泣いていた。大人たちの異様な雰囲気に不安がつのっていた。提灯《ちょうちん》の明かりが揺れ、深い闇の底から桂川の瀬音が聞こえていた。泣き止んでふと見上げた空に、都会では見たこともない無数の星が張りついていたのを、なぜか鮮明に記憶している。坂道を上るにつれて、星空は私の上に大きくのしかかってきた。私はいっそう烈しく泣き出した。

大人になってからも、北アルプスの乗鞍岳で同じような星空に出会った。駒草の咲く畳平《たたみだいら》はすでに秋の気配で、鶴ヶ池には澄み切った蒼空が映り、風が冷たかった。肩の小屋に泊まった。明け方にご来光を拝むつもりで目を覚ましたが、まだ夜明けには間があった。

外へ出て、頭上に迫ってくる星空に息を飲んだ。昔の人が「縹《はなだ》の紙に箔をうち散らしたる」と語ったように、数限りない星がキラキラと輝いて、昼間見た優しい空間はどこにもなかった。

計り知れない永遠の彼方に続く無機質の世界は、私の存在を根底から揺るがした。「文明の極みに自壊する」という地球も、いずれこの騒々しい暗黒の中に星屑となって消滅するのだろうか。幼いころ母の背で見上げた星空の不安が甦った。

部屋に戻っても、ガラス越しの星空が不気味だった。日常、都会で見る星空は虚構なのだ。この星空こそ人類が立たされている真実なのだ、と思った。

ある本で「日本の星伝承は、疎外と怨恨に結合してきた」という論を読んだ。昔の人も、満天の星がかもし出す冷たく妖しげな幻想に「不吉」を予感したのではないだろうか。

庭の石仏

昭和五十三年の早春、私は京都三千院の木立の中で、等身大の石仏に出会ってとても強い印象を受けた。

風雨にさらされ、うっすらと苔むした観音像は、夕方の淡い光を受けて寂然と微笑を浮かべているかのようだった。路傍の石地蔵ではなく、仄暗いお堂の阿弥陀像でもなく、雑木々の中でひっそり佇む石仏に出会ったのは初めてである。賽銭箱や線香立てがなく、ただ立っているのが新鮮だった。

帰京後、出入りの植木屋さんの紹介で、二尺五寸ほどの御影石の観音像を彫ってもらった。地蔵専門の石工だったので、地蔵の趣を残した観音像になったが、私は「もう一人の私」のような気がして愛着を持っている。家人や近くの子供たちが、短い手足や下ぶくれの顔を見て、私に似ているというのだ。

庭の枯れ池の縁に立っている石仏は、無表情な半眼でじっと此方《こなた》を見続けている。私は祈ることはしないが、ときどき「もう一人の私」に対して問いかけをする。

「お元気ですか。今日はちょっとつらいことがありましてね……」

優しい答えは期待しない。ただそこに在るというだけでいい。

私は趣味で木彫の仏像を集めているが、祈ったことは一度もない。今までも、これから先も、すべては必然の成りゆきであって、祈ったからといって、流れが変わるとは思わない。

戦時中のことを思い出す。勤労動員で通っていた立川の飛行機工場で、空襲のたびに村山貯水池や日野橋に逃げたが、間に合わないときは敷地内の防空壕に入った。機銃掃射の音や爆弾の炸裂する振動に身を縮めながら、生きていたい、死にたくない、と走り出したい衝動に駆られた。焼夷弾に追われて逃げまどうほうがまだましだ、と思った。

そうした日々を繰り返すうちに、私は自分が働きかけなければ流れは変わらない、と悟った。安易に祈りに逃げ込むことはできない、と思った。

庭の石仏は建立してもう八年になる。祈らないから霊入《たま》れはしていない。

赤い橋

ニューミュージック華やかなりしころ、「赤い橋」という歌があった。

　ふしぎな橋が　この町にある
　わたった人は　帰らない……

単調なメロディーの繰り返しの中で、歌われているのは「死」であった。気持ちが沈むような、しらけた男の声が妙に心に残った。懐かしくさえあった。
十七、八歳のとき、人間存在の儚さに気づいて、眠れない幾夜を過ごしたことがあった。虚無の深淵をのぞいてしまったような、いても立ってもいられない焦燥感に苛まれた。いつの日か、自分が無に帰するということが許せなかった。「釈迦もキリストも信じられない。来世なんて、まやかしだ」と思った。
その後、成人するにつれて、そうした悩みは日常生活の中に埋没してしまった。だれもが通る道だったのだろう。

五十代半ばになって、父の最期を看取りながら、また「死」と向かい合うことになった。

病気が日々重くなってゆく八月のある朝、父が前夜見た夢の話をした。

「空に浮いている雲が何千というお坊さんに見えてな、だれも口をきかないでシーンとしているんだ。ゾーッとして下に落ちて行くような……」

そのあと、遙か遠くの空に大須《おおす》の観音様が現れて、とてもうれしかったという。私は意外に思った。父は形式的な神仏の祭りはしていたが、信仰はもっていなかった。死に臨んで、故郷の仏に縋ったのだろうか。祈りなしには、安らかな終焉はないのだろうか。

父はじっと窓の外を見ていた。秋の兆しを感じさせる空に白雲が静かに流れていた。

お葬式の日、幼い孫娘が「どうやって、天国に行くの」と大声で泣いた。

やがて私にも「赤い橋」を渡るときがやって来るだろう。

お経のハーモニー

お経というのは、意味はわからないがありがたそうなもの、という認識しかなかった。しかし、あるお寺で素晴らしいお経を聞いてから、身近なもの、何度でも聞きたいものと思うようになった。

それはソロで始まり、途中から二つのパートが加わり三重唱となった。意図的に合わせたものでなく偶然かもしれないが、ハーモニーが何とも快く、お鈴《りん》と木魚のリズムも緩急自在で立派な音楽だった。

宗教心のない私だが、故人のいる天上界に導かれるような心地がした。

そのうちに、私はお経の意味がわかるのに気がついた。漢文の音読みでなく、日本語で仏の教えを説いているのだ。お坊さんの言葉は、心にしみとおるような語りかけだった。

「意識界無く、無明無く、また無明尽くることもなし……吾衆生とともに仏道を成就せん」

終わったとき、私は呆然として寒さも忘れていた。お経は哲学であり詩であった。別の日に「明日に紅顔あって夕に白骨となる」というお経も聞いた。お坊さんの声は、よく響くバリトンで説得力があった。

私はお経に関心を持つようになった。仏教について何も知らない者にもわかるお経がふえたら、お釈迦様も喜ぶと思う。

（昭和六十年／朝日新聞「きく」）

手軽な内裏様を

五十代に入ってから、毎年ひな祭りのころになると、私のためのおひな様が欲しいなあと思いながら、望みを果たせずにいる。

子供のころ、わが家には内裏様と三人官女のおひな様があった。私は他の友達のような、五段飾りの立派なものが欲しかったが、貧しい両親が簡単に買えるものではなかった。私のつつましいおひな様も、昭和二十年四月の空襲で焼失してしまった。

先日、デパートでひな人形を見て歩いた。私の白髪頭を見て、店員は「お孫さんのですか」と声をかける。「ハア」と答えたものの内心は複雑。

昔からかなえられなかった夢を今度こそと、豪華なセットに見とれたが、ハタと考えた。体力の弱った老人所帯では、出し入れが面倒、重いものは疲れる、とマイナス要因ばかり。ケース入りの内裏様にしようと思ったが、これが意外と大きくて重いのだ。

今、私が欲しいのは、季節が来たら手軽に取り出せるような、ひと回り小さいケース入りの内裏様。上品な衣装人形で、主婦がちょっと無理をすれば買える程度の値段なら申し分ない。最近は「軽薄短小」の時代といわれています。

（昭和六十年／朝日新聞「一筆啓上」）

終末の音楽

「僕が死ぬとき？　フォーレのレクイエムを聴きながら、が理想です」――ある終末医療の専門家の言葉である。

私はこれを読んで、補聴器を使っている八十過ぎの母のことを思った。母が終末に音楽を聴くとしたら、さしずめ「ねんねんころりよ」の江戸子守歌だろう。あのくぐもった声で歌われる子守歌が、どんなふうに耳に届くだろうか。年をとれば、だれでも肉体の機能が衰えて、いろいろな不都合が生じてくる。

私もかつて、自分が死ぬときはシベリウスのある楽章を聴きながら、などと空想したことがあった。

――しらじらとした宇宙空間の中で、寂しさに打ちひしがれていると、遠くの方から美しいメロディーが聴こえてくる。はるかな思いを誘うような音色だ。私は、自分がこのまま消えてゆくのは、壮大な宇宙の摂理であることを悟る――

しかし八十歳前の死は、何らかの苦痛を伴うといわれる。静かに音楽を聴くような澄んだ心境になれるだろうか。

最近、終末医療に関心が持たれるようになって、とてもありがたいと思う。父が死の一か月前、ワインの痛み止めを飲みながら、高校野球を聴いていたことを思い出す。

（昭和六十三年／朝日新聞「声」）

白い霧の中

体調を崩してからあと、何日間かの日記を読み返していて、私の胸に不安がつのってきた。御茶の水の病院に行って、不安はいっそうつのった。体内に腫瘍があると言われたのだ。すぐに外科に回されて触診を受けた。

医師がおヘソの辺りを押して、首をかしげた。自分でさわってみると、固いザラザラしたものがある。「もしや」と思った。下腹を調べていた医師の手がまた止まった。

「ここにも、何かあるね」

言われたとたんにカーッと顔が熱くなった。

(やっぱり、父と同じだ)と思い、崩れかかった背骨の光景が心に浮かんだ。

父は七年前、お腹から転移したガンに腰椎を侵され激痛のうちに死んだのだ。

(なぜ、なぜ私までが)と思った。そのあと、医師に何と言われたのか全く覚えていない。ただひたすら(お金も名誉も何もいらない。命をください)と念じていた。

その後、一週間の検査入院をした。消化器と泌尿器の、レントゲン撮影、腫瘍の切除、内視鏡検査……と、めまぐるしい日程をこなした。

退院して十日ほどたって医師に呼ばれた。「ガンではない」と記した細胞診の報告書を見せてもらって、私は泣きそうになった。(うれしい。生きているということだけで十分だ)と思った。

でも、それから半月もたったのに、私は毎日をボーッと過ごしている。夢も希望もない。すべて白い霧の中にいる思いがする。その視野の向こうには、いつも死が見えがくれしている。

入院中に知り合ったHさんのことが忘れられないのだ。彼女は五十三歳の主婦だった。乳ガンがあちこちに転移して、食べ物はもちろん水もノドを通らなくなっていた。鎮痛と栄養の点滴をしながら、毎日車椅子に乗って大部屋に遊びにきていた。

私は退院する日、握手のかわりにそっと背中を撫でてあげた。

「外来で来たとき、寄ってね」

彼女の瞳がすがるように私を見上げた。

癒えし者癒えざりし者劃したる思いにふれず別れの言葉

たったひとりの食卓

六月に心臓発作で十日間入院した。絶対安静の二日間が過ぎると、六人部屋に移った。同室の人はみな心優しい老婆ばかりで、お互いの身上話がすむと、何かと助け合うようになった。特に、隣のIさんは親切だった。毎朝七時に、息子の嫁さんがお握りや漬物を持って来ると、

「今日は、きゅうりの糠漬だよ」

「おかかのお握りはおいしいよ」

などと、塩分制限なんかどこ吹く風で、みなに配って歩いた。

病院の食事が出ると、ひとりで食べるのはいやだと言って、カーテンを払って私と向かい合いの食卓を作った。

「あんた、旦那のご飯どうしてるの?」

「お隣の奥さんが作ってくれてるの」

「へえ、遠くの親戚より近くの他人だね」

「こんなとき子供のいる人は心強いわね」

「どうして子供を作らなかったんだい」

私は一瞬、言葉に迷った。

「私たち結婚が遅かったのよ。だって、あのころは相手がみな戦争に行ってしまったんですもの」

「そうだね。うちの親戚にもいるよ。一生嫁にも行かないで……かわいそうだよ」

先日の新聞報道に、社会党の土井委員長の独身について云々した農水相の失言があった。こんな程度の男が日本の為政者かとうんざりした。仕事のため、学問のため、独身を通す人はいくらでもいる。当人がそれで納得していれば十分ではないか。と同時に私たちの年代には、戦争のために、たったひとりの食卓に向かうことを余儀なくされている人もいることを忘れてほしくない。

退院した日、「私がいなくて寂しかったでしょ」と、かまをかけると、夫は、「そうでもなかったよ。酒を飲んでも睨む人がいないから大いに羽を伸ばせた」と、とぼけた顔をして言ってのけた。

農薬汚染

夕方、庭へ出た夫がつぶやいた。

「ことしは、虫の音が少ないね」

「そうですね。どうしてでしょう」

私はしらばっくれていたが、ひそかに思い当たることがあった。

ことしは春から夏にかけて、庭木の害虫や病気がとても多かった。五月末にはハマキ虫が現れて、木斛《もっこく》や柘植《つげ》の葉を食い荒らした。何カ所か綴り合わせたような葉を見かけて、怪しいなと思っていると、たちまち木全体に広がってしまうのである。六月になると、アブラ虫が梅の若葉をチリチリにした。カイガラ虫が椿を、イモ虫が梔子《くちなし》を……ときりがなかった。おまけに海棠《かいどう》にサビ病まで出て、オレンジ色の斑点を見ると本当に気色悪かった。

植木屋さんは消毒をしたがらないし、夫は「害虫は鳥が食べるから大丈夫」と、呑気にかまえているし、結局私ひとりで薬剤散布をすることになった。スミチオンの五百倍液を作って、噴霧器で何回となく庭木にかけた。サビ病のほうは、区役所に相談しても要領を得ないので、定期的に殺菌剤をまいた。

　要するに、わが家の庭には大量の農薬がバラまかれたのである。秋の虫が少ないのは、そのせいだと思う。

　以前、千葉の農家の人から農薬の話を聞いたことがあった。「収穫の二週間前から使用禁止だなんて、そんなこと正直にやってられませんよ」と、こともなげであった。その後しばらくは、米や野菜を口にするたびに不安な思いがよぎったが、一概に農家の人を責めるわけにはいかない。個人の家の庭でさえ、この有様なのだから。

　表通りのイロハ紅葉の並木が、ことしもまたアメリカシロヒトリに食い荒らされている。茶色い葉脈だけになった葉や、根元に散らばっている無数の毛虫を見ると、薬剤散布もやむを得ないという気がする。

私のお正月

お正月に人が来ると疲れる。そうかといって全く来なければ寂しい。せめて三が日ぐらいは、阿呆みたいにグータラ暮らしてみたい、と思いながら果たせないでいる。

去年のお正月は忙しかった。大晦日になって、急に弟宅にいる高齢の母を預かることになったのだ。

元日早々布団干しやら、食器探しやらで、賀状の返事書きもできなかった。二日は母のお伴で来た甥たちのお相手。やれやれと思う間もなく、三日には妹一家が娘の婿さんも連れてやって来た。母は大勢の血縁に囲まれて、うれしそうにお酒を飲んだ。お陰で私はクタクタ。「親孝行も容易じゃない。私だってお年寄りなんだ」とぼやいた。

今年こそはのんびりしたいと思った。「お正月は旅行するから」と皆に言っておいた。それなのに三日になって、お腹の大きい姪が「おばちゃんちに寄って、東京大仏へ行きたい」といって来た。安産祈願のお参りとなれば、むげにも断れない。私はまたお節や年酒を用意するはめになった。

姪は半透明なピンク色の肌をして、しじゅうほほ笑んでいた。

「私、ちょっと不安なの」

「旦那に手を握ってもらいなさいよ」

「ええ、だからラマーズ法を習ってるの」

そばで、ハンサムな婿さんがうなずいた。子のない私たち夫婦は当てられ通しだった。

客が帰ったあと、妹から電話があった。母が脳梗塞で倒れたという。私は「ボケた母でも心のまともな部分が寂しがっているだろう」と、その夜はなかなか寝つけなかった。

盆踊り

夏の夜の暗がりに、ピンクの提灯に彩られたやぐらを見れば、子供ならずとも心ときめくものがある。

高島町会の盆踊りである。七時過ぎに会場に入ると、溢れるばかりの子供、子供。日ごろひっそりした町内の、どこからこんなに集まって来たかと思うほどである。

花柄のゆかたに赤い兵児帯《へこおび》、後ろにウチワをちょいと挟んで、小学生も小粋なお姉さん。お婆《ばあ》さんに手をひかれた男の子も、かすりの着物に黒い帯、おすましの顔をしている。

「お孫さん、大きくなりましたね」

「ええ、やんちゃで困ります」

とうれしそうな会話。盆踊りは町内の社交場にもなる。

やぐらの上では、いなせなお兄さんが大太鼓をたたく。紺のハッピに捩じりハチマキ、舞うような身ぶりでドン、ドドン……。

平成音頭、炭坑節と進むうちに、子供たちの歓声があがったのはオバQ音頭。キャラクターもさることながら、乗りやすいリズムがいい。ヤグラの中段には小さな子供がいっぱい。踊りながら、パパやママに手をふったり、叫んだり、いささか興奮ぎみである。

そろいのゆかたのオジサン、オバサンが出て来て、身ぶりよろしく踊る。ヤットナー、ソレ、ヨイヨイヨイ……。あれ、どこかで聞いたような、と思ったら東京音頭。昭和九年、日本が国際連盟を脱退した年に、大流行した盆踊りである。連綿として踊り継がれて来たんだなあ、と感心する。

帰りがけに、お店をひと巡り、おでん、かき氷と続くなかで、大人気なのは金魚すくい。カラフルな網で、金魚の群れを追い回す。小さな生きものは素早くて、めったにひっかからない。網は二、三回で破れてしまう。今度こそ、とやってみてもだめ。

あきらめて、ビニール袋入りの金魚をもらっておしまい。それでも「ああ、面白かった」と子供は満足そう。

珍しいのは綿アメ屋さん。真ん中の筒にザラメを入れると、周りにフワッと白いアメが浮く。それを割り箸でからめとっていく。みるみる大きくなった綿アメを、坊やがニコッとして受け取る。決しておいしくはない。でも昔からのお菓子には、遊びの楽しさがある。

高島平には、神社のお祭りも、お寺の縁日もない。盆踊りだけが、古い懐かしいものを伝えてくれる。

通りに出ると、親子連れが三々五々帰っていく。楽しい会話が聞こえる。

「ママと一緒に踊ったよ」

「パパとヨーヨーやったよ」

盆踊りは思い出づくり。子供たちが大人になったとき、ピンクの提灯の明かりが胸にともることもあるだろう。

（平成三年／町会広報）

行きずりの一言

私は丸顔でずんぐりしているので、気安さを誘うのか、よく外で声をかけられる。寒風の吹きすさぶ二月のある日、スーパーのそばで道をきかれた。

「あのう、駅に行きたいんですけど……」

「この階段を上がれば、もう駅につながる歩道橋ですよ」

その人は急な階段を手すりにつかまって、ゆっくり上がっていった。七十代だろうか。薄茶の上っ張りを着た後ろ姿が消えたとき、私は「しまった」と思った。すぐ横にあるスーパーに入れば、階段と平行にエスカレーターがあったのだ。教えてあげればよかったと、自分のうかつさを後悔した。

三月に入ってすぐ、スーパーの二階で冬物のバーゲンをやっていた。私はもう人生の終わりが見えているのに、今までの習慣でつい安物に手が出てしまう。手ごろな臙脂《えんじ》色のカーディガンがあった。試着室に入るのも面映いので、売り場の隅で肩を合わせていた。

「お似合いですよ」

と、声をかけられた。振り向くと、若い奥さんがほほ笑んでいた。

「この年で赤いものは、どうもね」

と言いながら、私はうれしかった。それで、今シーズンは着ないかもしれないカーディガンを買うことにした。

四月の暖かい日の午後、スーパーの庇《ひさし》の下に特売のワゴンが出ていた。指輪がどれも五百円だという。私はトルコ石のようなブルーが気に入って、太くて短い指にはめてみた。

「いいじゃない、きれいだよ」

と、隣にいた中年の奥さんが寄ってきた。

「子供のおもちゃみたいでしょ」

「いいんだよ。自分が楽しければ……。私のこれを見て」

と、さし出した左手には指輪が三つもはめてあった。真珠、翡翠《ひすい》、紫水晶。右手にもプラチナのリング。

「去年、父ちゃんが死んじゃったから、いくら買っても文句を言う人がいないんだよ」

そう言うと、彼女はくるりと背を向けて、スーパーの中へ入って行った。

四月の雑木林

冬枯れの丘の斜面に、コブシの白花がぼうっと煙るように咲くと、私の心はうずきだす。今年こそ芽吹きを見に行こうと。

私の家は東京の北部、武蔵野台地が荒川の沖積地に接する辺りにある。崖線と呼ばれる丘の斜面には、昔からの雑木林が残っていて、四季折々の移ろいを見せる。

雑木林までは十分も歩けばいいのだが、おいそれとは出かけられない。持病のある夫の体調と、私の際限のない家事と、天候とは、なかなかタイミングが合わない。そして芽吹きはアッという間に新緑になってしまう。

四月半ばの暖かい日に、夫と一緒に出かけた。高速5号線の長大な歩道橋を渡ったとき、私は思わず立ち止まった。目の前の雑木林がいっせいに若芽を見せていたのだ。白を含んだあわあわとした色のかたまりが、斜面を幾重にも彩っている。淡紅、薄茶、浅緑……。

雑木林の中をゆっくり上った。枝越しの薄い日差しが、下草の笹や実生の若木に届いている。五月になれば木下闇になってしまうだろう。上りつめると、傍らのやぶに野バラの柔らかい緑が広がっていた。

丘の上の草原で休んだ。木々の梢が日に向かって、きらきらと輝いている。黄赤の花穂を垂れているのはクヌギ。赤い葉を出し始めたのはコナラ。細い枝先に小さな葉を散りばめているのはエゴノキ。ケヤキはもう若葉がさざ波のように揺れている。ホオの梢は天に届きそうに高く、すっきりとした枝のところどころで薄赤い苞がほぐれかけている。

戻ろうとしたとき、草の上に一羽のツグミがすっと降りてきた。しなだれた背を見せてじっとしている。「もうすぐ、北へ帰ってしまうよ」と夫が言った。

そのあとの数日は、今年は芽吹きを見ましたよ、という思いに満たされて幸せだった。

ロビーコンサート

区の広報紙に「一月八日の午後、美術館でロビーコンサート開催」という記事が載っていた。自宅から歩いて十五分ほどのところでバイオリンの生演奏が聴けるなんて……ぜひ行きたい、と思った。

夫は持病があって、毎日服薬が欠かせない。冬は寒さのせいか不機嫌である。コンサートのことを話すと、案の定、私の外出をいやがった。行こうか行くまいか、ぎりぎりまで迷ったが、思い切って出かけることにした。

晴れた暖かい日だった。美術館の狭いロビーは大勢の人であふれていた。総ガラス張りの正面の向こうに、真っ青な空をのぞかせた雑木林の斜面があった。私は、いちばん前の席へすべり込んだ。グランドピアノから数メートルしか離れていない。昔の貴族のサロンのような贅沢な空間だった。ピンクのドレスの演奏者が現れた。

一瞬、静まり返ったあと、最初の一音が鳴った。つやのある豊かな音が心にしみわたった。かすかに揺れながら伸びる美しい音が、空間を満たしていった。ベートーベンのソナタ第二番。ピアノとの奔放なかけ合いの楽章では、励まされるような楽しさがあった。

次のプロコフィエフのソナタは、耳慣れない現代音楽だが、案外古典的な旋律や音づかいがあった。その他、オネゲルの無伴奏ソナタや、メシアンの主題と変奏が演奏された。

アンコールのエルガーの小品が終わったとき、私は自分の上っ張り姿に気がついた。買い物に行くときのような、袖口をゴムでしぼった化繊の仕事着が恥ずかしかった。演奏者のSさんは、次週に朝日ホールでリサイタルを開くという。一流のソリストとお見受けした。

帰り、美術館の前の梅林をゆっくり歩いた。傾いた日差しの中で、白梅が数輪開いていた。私はとても優しい気分になっていた。

日本語の多様性

私は六十歳を過ぎてから俳句を始めた。前の大戦の勤労動員世代だから古典の素養はないし、感性を磨くにしてもすでに手遅れである。それでも暮らしの中の思いを表現するのは楽しい。日本語の多様性に助けられて、題材には事欠かない。

夫といて銀杏黄葉の散るまじく
かりんの実問わず語りの懐手

作句をしていると、ふと心に浮かぶ言葉がある。かつて読んだ本の断片であったり、芝居の台詞であったりする。そして雅やかな古語を入れた句ができると、とてもうれしい。

花の日の小学校へ行ってみる

ウグイスの口真似をする花筵《むしろ》

俳句は原則として文語を使うが、時に口語のほうがふさわしい情景もある。三句十七音の形式に、口語を当てはめるのも面白い。

ののさまの鈴に届かぬ春着の子

三角ベースふわっと群れる赤蜻蛉

いわゆる俗語というのだろうか、神様を「ののさま」というほうがイメージがふくらむ。三角ベースは今では死語となってしまったが、懐かしく思う人もいるだろう。

ジーンズの群れに逆らう白上布

マチス画集ふいに冬夜の風を聞く

片仮名語は俳句になじまないといわれているが、現代社会では外来語があふれている。物の名前や人名は致し方ない。しかし、いいことばかりではない。もともと文法には弱いのに、文語文法となると全く自信がない。しばしば「う音便」を間違えている。旧仮名遣いも悩みの種。新仮名遣いで文語表現するのは如何なものかと思う。

面倒なことは専門家に任せて、私は日本語のエッセンスだけを楽しみたい。

ささやかな喜び

今年は、春から何も楽しいことはなかった。夫の体の不調、妹の入院、姉の骨折、と心ふさぐことばかりだった。それでも日々の暮らしの中で、ささやかな喜びはあった。俳句にこと寄せて、それを綴ってみた。

いつまでも未来あるごと花の天

知人が「うちの息子は、いつまでも未来があると思っているんだから……」と、嘆いていた。若いうちは将来を決めかねることだってある。三月末に桜が咲き出した。真っ青な空に咲き満ちている花を見ていると、私にも無限の未来があるような気がしてくる。

花すみれ齢ひとつを加えたり

毎年、庭に雑草のようにすみれが咲く。四月初め、濃紫の小さい花が、あちこちに咲いているのに気づいた。またすみれの季節がやってきたな、と思った。これから薄紫、白と咲きついでゆく。

許すこと多くなりたる春ショール

だれでも病気のときは、いらいらして不機嫌になる。つらさをじっと耐えるなんて、できるものではない。以前は、夫の理不尽な言いがかりを真に受けてけんかをしたが、今はすべてを許せる。「あなた、どこか痛いんじゃないの」と、意表をついた返事をする。

牡丹の白を兆して危うかり

四月中旬になると、牡丹のつぼみが白、紅、臙脂と、色を兆してくる。日ごとにふくらんで、大輪の花が開くまで気が気ではない。雨が降れば傘をさしかける。いずれ散ってしまう儚さは考えない。

ときめいて白詰草の坂走る

公園のゆるい斜面に、白詰草の花がいっぱい咲いていた。一瞬、走り出したい衝動に駆られた。身内からあふれるようなエネルギーを感じた。いい年をして、けがでもしたらどうするのと、もう一人の私がブレーキをかけた。だから実際は走らなかったのである。

信州のみそ売りが来る梅雨晴間

上田の在のみそ屋さんが、十キロ入りの樽で買わないかという。一年中同じ味のみそ汁では嫌だと思ったが、ご近所にならって買うことにした。こくのある昔風の味がした。千曲川の激しい瀬音を思った。

紺青の端切れ集めて夏逝くよ

女は針を持つと、ふしぎと心が休まる。耐えがたい暑さの日は、部屋にこもって鍋つかみや花瓶しきなどの小物作りをしてしのいでいる。材料の端切れは紺青が多い。夫は昔、ネイビーブルーの海軍が好きだった。私は少女のころ「あなたは青系統の人」と、先生に言われた。が、いくら好きでも古稀近くなっては、ブルーは着られない。せめて身の回りに、それらしい色をおきたい。

ちちははの有り処を探す百日紅

表通りの百日紅の花が、いつまでも咲いている。もう「白露」だというのに、日に向かって、盛り上がるようにきらめいている。

雲の流れる空の下に、紅と白の花が遠くまで続いているのを見ると、九月に死んだ父を思い出す。別れてすぐには、空のどこかに父がいるような気がして涙ぐんでいたが、いつのころからか、悲しさは懐かしさに変わった。そして今は、ちちははの思い出に、ふさいだ心を癒されている。

炎暑の夏が終わって、ふと我に返ったようなある日、街角の本屋には「老いと死」の本が目立ってふえていた。

移りゆく季節に

私はもうすぐ七十歳になる。神を信じないのに、毎日何かに向かって「ありがとう」と言いながら暮らしている。

芋汁や稿の一行気がかりに

作文を書き上げたあと二、三日は、その熱気のようなものが残っている。台所で煮物をしているとき、自転車でお使いに行くとき、ふいにあるフレーズが浮かんで、つぶやいていることがある。気がかりな一行はもちろん、くだらない一言でも、時がたたないと消えない。

倒木に座ってしまい秋の雲

十月末に奥日光へ行った。小田代原《おだしろのはら》は一面の枯れ色だった。遊歩道でひと休みしているると、あとから八十歳ぐらいの夫婦が続いて来た。夫はバッジを幾つもつけたチロル帽に毛皮のチョッキ、妻はバーバリーのコート。山歩きには慣れているらしかった。目の前の赤松の倒木まで来たとき、またごうとした夫が、ひょいと腰を下ろしてしまった。一瞬私と目が合って、お互いにニッコリ。その人は幼児が木馬に乗ったときのように、あふれる笑顔でじっとしていた。

ひと朝の風に透きゆく紅葉村

老神温泉の宿で朝早く目覚めた。ガラス越しに、楓の紅葉がしきりに舞っているのが見えた。車で沼田まで行くと、上越の山々を覆うむら雲と、関東平野の冬晴れが、はっきりと二分けになっていた。今年初めての木枯らしだった。村々を吹き過ぎる風に、農家や小学校があらわになっていった。

許されし思いに梅の花ひらく

毎年二月、鶴の「北帰行」のニュースを聞くころに、庭の梅の花が咲き出す。今年は寒かったせいか、十日になってやっと薄紅梅が一輪開いた。きびしいいましめを解かれたようなホッとしたうれしさ。紅色の艶やかなつぼみが、無数にふくらんでいた。

だれかれに手紙書きたし春の雪

「雪は天からの便り」といった人がいるけれど、春の雪を見ると、しみじみ昔を思い出す。「もうすぐ春ですよ。お元気ですか」と、だれかれに声をかけたくなる——手袋を片方ずつ分け合って、雪だるまを作った幼友達。ドジな私に、スキーの個人指導をしてくれた野沢温泉のコーチ。横手山で吹雪に遭って、途方に暮れたときの仲間たち——。

枯園や声かけたくて団子買う

私の散歩コースに梅林がある。二月のある日、北斜面の梅はまだつぼみが堅かった。ひっそりした園内を巡って出口まで来ると、みたらし団子の屋台が出ていた。いつもなら素通りするのに、妙に人恋しかった。「梅祭りになれば、売れますよ」なんて調子のいいことを言って五本も買った。お団子は台所で硬くなったまま、いつまでも残っていた。

結びから書き出しており春の雨

私は作文を書くとき、頭に浮かんだことを脈絡もなく綴ってから、取捨選択をしてまとまりのあるものに仕上げる。初めから組み立てを考えればいいものを、どうしてもそれができない。何も浮かばないときは、結びから書き出すことにしている。

与えられた題材の周辺をウロウロしているうちに、テーマらしきものが決まって結びにする。それに合わせて、エピソードを終わりから並べていく。でも書いているうちに、テーマが変わってしまうこともある。

三月半ば、ウグイスの初音を聞いた。今年も来てくれたか、と無性にうれしかった。

口が開かない

人間の口が、あたかも二枚貝のように固く閉じて開かなくなるなんて、思ってもみなかった。

一月下旬に、急な腹痛が数日続いたので、二月二日に注腸検査をすることになった。前日は軽い流動食をとったあと、夕方から絶食である。部分入れ歯は必要ないのではずしておいた。当日の午後おそく検査が終わるまで、丸一日そのままだった。帰宅してから入れ歯をはめておすしを食べた。その夜、右上あごの辺りが何となく痛いような気がした。

翌三日はかなり痛みだした。右奥歯にガーゼを挟むと何とか我慢できたが、口が少ししか開かなかった。ケーキとお茶の食事をして「今夜、入れ歯をしたまま眠れば治るだろう」と、たかをくくっていた。夜になって持続的に痛むようになった。

夜中に何度も目が覚めた。咳をしても、寝返りをうっても痛い。頭にガンガンひびいた。口はピタリと閉じたまま全く開かない。「これは大変だ」と不安になった。

四日の朝、かかりつけの歯科医に紹介状を書いてもらって、水道橋の東京歯科大病院に駆けつけた。レントゲンを撮ってから、若い医師はこともなげに私の口をこじ開けた。「痛い、痛い」と思わず身をよじった。「口を開けなければ治療できないでしょ」と言われて、「そりゃあ、そうだ」と納得したつもりでも、尋常の痛さではなかった。

歯型を取ってマウスピースを作ってはめた。痛み止めを処方してもらって、ようやく落ち着いた。その日は牛乳しか飲めなかったが、治療した安心感でよく眠れた。

どうしてこんなことになったのだろう。私の部分入れ歯は下の右奥四本と左一本である。このアンバランスのせいかも。

厚生省は「八十歳まで自分の歯を二十本」というが、総入れ歯のほうがいい。

真夜中のウェーデルン

志賀高原で三日ほど滑ってから、横手山を越えて万座《まんざ》に向かった。万座の雪はサラサラしていて、小さな流れに青氷が張っていた。大みそかの夜は十二時までリフトが無料だった。降りしきる雪の中に人々のシルエットが浮かんだ。

急斜面でスピードがつくと、テールが右に左に自由に振れる。ウェーデルンが自然にできてしまうのだ。私は嬉しくて何度も何度もくり返した。

シャーッと山廻りで滑り降りると、またやりたくなる。

宿に向かう緩斜面をスケーティングしながら、私は「もう思い残すことはない」と自分に言い聞かせた。

「蛍の光」のメロディーが流れ、ゲレンデの灯がひとつひとつ消えていった。

あれから長い年月が過ぎ去った。私は今でも「オバさんはウェーデルンができるのよ」と若い人に言う。たった一晩のプレーヤーだったことは言わない。

寒中の餅つき

建国記念日の朝、五丁目第二公園で餅つきの準備が進んでいた。大門餅つき保存会の協力による高島町会の行事である。

いちどに五キロの餅がつける欅の大臼は重さ八十キロもあるという。手返しの水を入れる臼は四十キロ。二つ並べて注連縄《しめなわ》を張り、お清めがしてある。ドラム缶の釜はラジエーター式で、上に餅米を蒸すセイロが三枚重ねしてある。薪が勢いよく燃える。いよいよ餅つきの始まりである。ふっくら蒸しあがった餅米をすばやく臼にあける。まず大杵《きね》一本小杵五本で、リズムよく回りながらこねる。米粒が飛び散らないようにするためとか。

次に大杵をふりかざして、ゆっくりつき下ろす。そばについている人がさっと手返しをする。二人の息がぴったりあって、ぺったん、ぺったん……。保存会の人が餅つき唄をうたう。

〽芽出度めでたが三つ重なれば、庭の鶴亀、五葉の松

子供達は珍しそうにじっと見守っている。その後ろに赤ちゃんを抱いたお父さん、お年寄りの手をひいたお母さん……と大きな人の輪ができていた。

つきあがった餅がテントの中に運ばれると、お手伝いの人は大忙し。小さくちぎって、小豆餡、きな粉、すりゴマをつける。ほどよい甘さなので、とてもおいしい。大人には辛みの大根下ろしをつける。

参加者全員にたっぷりお振舞いをしてみんなニコニコ。かくして瑞穂の国日本の原風景、餅つきはイベントとして受け継がれていく。

来年も花を……

紅梅の花がやっと五分咲きになった。枝を透かしてあさぎ色の空に、やわらかい雲が流れている。春になったのだなあと、暖かい日差しを楽しんでいると、

「来年も梅の花が見られるかねえ」

と、老母がつぶやいた。私はハッとして、

「見られますよ。元気ですもの」

となぐさめたものの、この年になっては来年のことは分からないと思った。数年前の亡父のことを思い出したからだ。

毎年五月初めのころ、庭に大輪のボタンの花が咲いた。父の自慢の花でよく世話をしていた。お彼岸前に肥料をやり、九月に剪定をし、寒くなるとわらの雪よけをかぶせた。その年も薄桃色に、暗紅色に、白にと見事な花が咲いたが、父はふと、

「おじいちゃんは、もう来年はこの花を見られないよ」

と言った。

咲き乱れる花に竹の支えをしながら、何げないふうを装っていたが、死を予感したのだろうか。その年の九月に死んだ。

父も母も花を見て、自分の命に思いをはせていたのだ。

高齢者は、美しい花を見てもおいしいものを食べても、それがもうすぐ途切れてしまうという予感を抱いて寂しい思いをしているのだ。優しくしてあげたいと思う。

神と仏

私は神も仏も信じないから、祈りようがない。行動の基準になるのは私の中にある、もう一人の私の声である。良心である。人の道から外れないように、常に私を批評し軌道修正をしてくれる。二人の私がうまく調和しているときは幸せで、意見が合わないときは夜も眠れないということもある。

神仏を信じて訴えていた頃は、心の安定した幸せな時代だったと言える。

ある母親が言った。

「うちの子は、いつまでも未来があると思っているんだから……」

「それでいいんじゃないの。若いうちは才能を磨いて世の中に尽くせば……」

私は永遠なものにふれるのは恐ろしい。日常の喜怒哀楽に埋もれているのがいい。おだやかな平凡な一生を送りたい。

近所に住む七十代のOさんは、

「偉い人が死ぬと神様になって、普通の人が死ぬと仏様になるんでしょ」

と、けげんそうな顔をして言った。

私は（なるほど、そういう考えもあったのか）と、Oさんの色白なすっきりした顔がうらやましかった。

明け暮れ

春

明け暮れの淡くなりたる如月のひと日をこもりシベリウス聴く

夕ぐるる街川の上鈍色の水にとどかぬ春の雪降る

夜すがらの春の疾風のおさまりて薄明に啼きてゆく鶫《つぐみ》あり

人づてに友の訃聞きたるこの夕べ泡のごとくにアルペジオ弾く

夏

城址の原に漂う花の色かたばみの濃黄つめ草の白

夏帽にサングラスして老いの身の素顔を隠しほほ笑みにけり

来し方を語る言葉の絶えしとき硝子戸ごしに花火崩るる

うとましく思う日もありひば垣の高みに垂るる凌霄花《のうぜんかずら》の朱

（『朝日歌壇』掲載）

秋

放課後のプールにひとり漂うて見上げれば秋　ひと刷けの雲

駅階段ゆっくり上るもう一人とふと目が合いてほほ笑みている

湧き出づる思いに駆られ数行を記したるのちの淡きためらい

霧のごと唐松もみじ散りていいん浅間の裾を思いて眠る

冬

小春日の寝椅子に聴けるレクイエム身を透りくる四重唱となる

行きずりの媼と佇ちて荒川の冬かもめ見ぬ光となるまで

谷川岳の初冠雪の記事一片引き出しにしまい三月《みつき》過ぎたる

ラサ便り幾つの国を越え来しか三つの言語蒼穹のポタラ

旅が好き

奈良井のざる

私の台所には、旅のお土産がいっぱいつまっている。九谷焼の小鉢、会津塗のお椀、紀州の木皿……と。いただきものや、私自身の思い出の品である。

この夏の信州旅行では、もうお土産は買うまいと思った。それが、生活雑器の本物に出合って、やっぱり欲しくなってしまった。

木曽谷の宿場町は、日盛りのせいか、観光客も少なくひっそりしていた。街道沿いの家々は、千本格子や欄干など、たいへん手の込んだ造作で、この土地の人の細工の腕をしのばせていた。

見るだけのつもりで土産物店に入った。その店は名物の漆器や曲げ物はわずかで、竹細工が多かった。

手ごろな平ざるを見ると千二百円もする。「いい値段ですね」と言うと、店のあるじは憤然とした面持ちで「持ってみてください。都会のスーパーのものとは全然違います」と言い返した。商品に自信を持っているな、と思いながら手にとってみた。重みと張りがあって、作りがしっかりしている。裏を返すと竹の緑がうすく残り、ゴツゴツした節がいかにも手作りらしい。

私は、こんなざるにおソバを盛ったり、お月見のおダンゴをのせたりしたら楽しいだろうな、と思って結局買うことにした。

あるじは「このまま食卓に出して少しも恥ずかしくない。あめ色になるまで使い込んでください」と、扱い方を教えてくれた。「使う前に塩水で煮て、陰干しにする。縁がかなめだから、水切りするときは縁をたたかないこと」と。私はあるじの商いに対する誠実さに感じ入って、かしこまって聞いた。

ひんやりした台所に立つと、宿場町でのやりとりが懐かしく思い出される。ざるは私の愛用品になった。

（昭和六十一年／朝日新聞「ひととき」）

栂池高原

六月半ば、夫と栂池《つがいけ》高原に出かけたとき、ある夫婦に出会った。

その日、白馬地方は快晴で、標高二千メートルの雪原は、あちこちでザラメ雪が解け始めていた。ヒタヒタと音を立てている小さな流れに、水芭蕉や黄の立金花《りゅうきんか》が咲いていた。

「きれいだね」

山荘のテラスで、小柄な老人が声をかけてきた。東京の下町で左官の親方をしていたという。七十代だろうか。皺だらけの手で、しきりに煙草を吸っていた。

私たちが相槌を打つのがうれしいらしく、とめどなく旅の話をした。

「大穴スキー場へ行ったときよ、いくらスキーを貸せったって貸さないんだ。年寄りは危ないからって」

「若いときから、やってたんでしょ」

「ああ。それでよ、あくる年は道具をかついで行ったんだ。そしたら『あんた、去年来た人だね』って、ちゃんと覚えてんのよ。かあちゃんと二人でスイスイ滑って、いいとこ見せてやったよ」

「アハハハ、溜飲を下げましたね。私もスキーは大好きでした」

「でも、もう駄目なんだ」

ふっと、声の調子が下がった。伏せた眼差しが宙を見つめた。思いなしか土気色の顔につやがなかった。

私は励ますように話題を変えた。

「これから、どちらへ」

「さあ、かあちゃんに聞かないと」

いいながら栂の茂みの方へ目をやった。そこでは、私と同年ぐらいの婦人が、雪山に向かってシャッターを切っていた。

西南にひらけた雪原の向こうに、斑雪《はだらゆき》の白馬本峰がキラキラと輝いていた。鑓《やり》、杓子、不帰《かえらず》岳と見覚えの稜線が続く。

翌朝、彼らを見送ってから夫が言った。

「あの人たち、ひすいを見に姫川へ行くらしいよ。旦那は病気で、あと三年もつかどうかなんだって」

「ええっ、あんなに元気なのに」

「…………」

六月というのに雲一つない青空だった。雪原を浅く流れている川がまぶしかった。

午後になって、私たちも山を下った。白馬大池の駅に立つと、V字谷の奥の方から、郭公の声がさわやかに響いた。

夕べの富士の縹色

八月末に、姉夫婦のお伴で長野県富士見高原に行った。山小屋を建てるので、業者との打ち合わせをかねた避暑旅行だった。

八ヶ岳連峰の南端、西岳の中腹にある宿で、一泊目の朝を迎えた。窓を開けると、空は一面の雲に覆われて、向かいの甲斐駒岳や鋸岳の稜線も見えない。今日は天気が悪いな、と思いながら、ふと西に目を移すと、何やら遠くが金色に光っている。

「あれ、穂高じゃない?」と姉の声。

まさか北アルプスが見えるとは思っていなかった。雲が切れて、槍ヶ岳から大キレット、奥穂高岳と続く山並みがはっきり見える。薄青い空の下に輝く別世界だ。

　秋暁の西方明かる槍穂高

小一時間たつと、眼下を埋めていた霧が晴れて、緑の平地が広がった。西の方に小さな鏡のように見えるのは、諏訪湖の端か。

　　朝霧の晴れて盆地に一湖あり

昼過ぎに、打ち合わせのため山荘の建設地に行った。そこは傾斜のきつい赤松林の一角で、吾亦紅、山薊など、秋草が咲き乱れていた。

義兄は図面を見ながら、業者に細かく質問を繰り返した。相手はいやな顔もしないで、丁寧に説明していく。姉が言った。

「面倒なことをすみませんね」

「いえ、大切なお金を使うのですから」

地元の人は律儀である。昔の日本人を見る思いだった。

　　設計図繰る指先に秋の蝶

帰りしな、編笠山の中腹に登った。広々とした空間である。南に地蔵、鳳凰の山々、正面に富士山、その北に金峰、国師の奥秩父山地が続く。薄い靄を含んだシルエットである。私は、命終《みょうじゅう》のときはこんな景色を眼裏に入れて目を閉じたい、と思った。

杖に指す夕べの富士の縹《はなだ》色

帰京する朝、唐松林の中にあった松虫草がたった一輪、薄紫の花をつけていた。

松虫草別れのときに咲き初める

酒まんじゅう

富士見高原からの帰り、姉が急に、「酒まんじゅうを買いに行こう」と言い出した。サービスエリアで売っている真っ白なお土産用ではなく、小麦色の本物を売っている店があるという。

大月インターで、中央高速から甲州街道へ降りた。桂川に沿っているこの辺りは、母の故郷であり、戦時中私たち一家が疎開していた所である。平地が少ないので米作には向いていない。小麦や玉蜀黍など畑作物が多く、昔から粉食が常だった。手打ちうどん、お焼き、すいとん……。お盆やお祭りのときは、酒まんじゅうがご馳走だった。

小さなカーブを幾つも曲がって、上野原に入った。店は軒の低い家並みの中にあった。

「あっ、ここだ、ここだ」

戸を開けると、むっと蒸気が流れ出た。

「この前は、店が閉まっててがっかり」

姉は、お馴染みらしい口をきいた。

「閉まってても中でやってるんですよ。あんまり忙しいもんで、つい……」

おかみさんは、喋りながらも手を休めなかった。小麦粉をねった大きな生地から、片手でひょいとまんじゅうの皮を捻り出す。長いヘラで餡を入れる。その動作の速いこと。

車に戻って、温かい蒸したてを食べた。ふんわり膨らんだ皮を割ると、仄かにお酒の香りがした。小豆餡の甘みと小麦の旨みが溶け合って、なかなかおいしかった。

「懐かしいね」

言いながら、ふと、茶色の粒々のある大きなまんじゅうを思い出した。終戦の年の春、「石尊さまのお祭りもこれが最後かもしれない」と言って、母が作ってくれた麩《ふすま》入り酒まんじゅうである。山国の厳しい食糧事情の中で、どうやって麹《こうじ》を手に入れたのだろうか。それは、いかにも本物らしく大きく膨らんで、お酒の香りがしていた。

あれから長い年月が過ぎ去った。私たちは今でも粉食が大好きである。

「ね、昔と同じでしょ」

姉は、ひとりではしゃいでいた。

故郷の旧道たどり遠き日の酒まんじゅうを探して歩く

浅間嶺へ

十月七日から三泊四日で、高峰高原の紅葉を見に行った。六月にレンゲツツジを見に行けなかった私のために、妹夫婦が計画してくれたのだ。

小雨の中を中央道に入った。厚い雲に閉ざされて、甲斐駒岳も八ヶ岳も見えなかった。夜になって富士見高原の山荘に着いた。辺りは漆黒の闇で、屋根を打つ雨音だけが通り過ぎていった。

翌八日は曇り。散歩に出たが、まだ紅葉には早かった。ヌルデと、赤松に絡んだ蔦ウルシだけが鮮やかな朱になっていた。しっとりとぬれた秋草の中に、赤い草苺があった。

草苺ふふみて崖を下りけり

蓼科高原へ登り、麦草峠を過ぎて白駒池に着いた。薄暗い原生林の下は、ビロードのような厚い苔に覆われていた。緩い坂道を上って行くと、急に雨が降り出して寒くなった。寒冷前線だろうか。静かな池の周りは、もうすっかり紅葉になっていた。

林 中 の 苔 道 行 け ば 秋 時 雨

雨が霰に変わり、寒気に追われるようにして八千穂へ下った。千曲川沿いの国道を一路北上した。岩村田から軽井沢へ行く間は、いつも正面に浅間山が見えていた。

雪 催 う 浅 間 嶺 め ざ し 北 上 す

九日は快晴だった。万山望から見る浅間山は一木一草もない裸山ながら、優しい裾を引き白い一本の道が山頂まで続いていた。

私の心にふと死の幻想が浮かんだ。

——一人でトボトボと一筋の道を登って行く。時々現世を懐かしく振り返りながら、ひたすら登って行く。乾き切ったあの世への道は長い。そして山頂に着いたとたんに息絶える。無限の青空を天上界と錯覚して——

浅 間 嶺 へ 秋 天 へ 道 と お し け り

鹿沢、湯の丸と高度を上げてくると、ナナカマドの赤や、白樺の黄が高原を彩る。標高二千メートルの高峰温泉の窓からは、深い谷を埋めつくした雲海と、遥か北アルプスの山並みが見えた。

旅みっか上がり框《かまち》の占地《しめじ》かご

初蝶

今年はまだ庭の蝶を見ない。去年より寒かったのだろうか。それとも農薬の影響か。この旬日をふり返ってみても、花は次々と彩りを増しているというのに。

三月末から四月初めにかけては、曇りや雨の日が多かった。色あせた黄梅、香もまばらな沈丁花、白梅と紅梅は蘂《しべ》ばかり。白木蓮だけがさびさびとした花をつけた。

白木蓮夕空に燭ともしけり

そのあと、暖かい晴れの日が三日ばかり続くと、急に草木の色が鮮やかになった。雑草の緑も漂うように庭一面に広がった。白い花はハコベ、薄紫はスミレ、落ち葉に隠れて咲いているのは春蘭。

俯《うつむ》いて春蘭のひわ透きとおる

菜の花や紫の花大根も咲き出した。十二月から咲き続けている木瓜《ぼけ》の花の朱が、一段と数を増した。それでも蝶は来なかった。

庭石に朱をこぼしてや木瓜の花

四月九日に、五日市の山の斜面にあるカトリック墓園に行った。お花見がてら中村草田男の墓を訪ねたのである。珍しくすっきり晴れた暑い日だった。坂道の桜は五分咲きというところか。美しい花のトンネルを作っていた。

日当る花日陰る花を一山に

めざすお墓は、坂を上りつめた見晴らしのいい所にあった。ツツジや馬酔木《あせび》の植え込みの中に、十字を刻した寝墓があった。

お参りをすませて立ち去ろうとしたとき、あっと思った。一匹の白い蝶がヒラヒラと舞い下りて来たのだ。この春になって初めて見る蝶だった。

初蝶や旧知のごとくふり返る

坪庭

八月末に八ヶ岳周辺を辿った。坪庭に登ったときは、母と同年の老婦人に出会って印象深かった。

横岳ロープウエーのゴンドラからの眺めが楽しかった。山麓駅近くの草原には、紅のヤナギランや黄のオミナエシの群落が日に輝いていた。左手の壁のような山々の上には、秋めいた空が広がり、蓼科山が丸い頭を出していた。たよりなげに浮かんでいる絹雲を見て、ふと春に亡くなった母を思い出した。

　母遠くあり一刷けの秋の雲

高度を増して、北横岳と縞枯山《しまがれやま》の懐に入った。遥か西の方をふり返ると、蓼科の濃い緑がぼうっと霞んでいた。何も見えない中でただ一つ、蓼科湖だけが小さな鏡のように鈍く光っていた。期待した北アルプスは、湧き立つ夏雲に隠れてしまったらしい。

山頂駅を出るとすぐ、標高二二四〇メートルの標識があった。探勝路を一周することにした。坪庭というのは、大昔の溶岩台地である。這松に彩られた溶岩の坂道は、ゴツゴツしてかなり歩きづらい。

後ろから小柄な老婦人が、娘らしい二人に支えられながら登って来た。私は思わず「お元気ですね。お幾つですか」と声をかけた。

「母は九十なんですよ」

「まあ、お幸せですね」

老婦人の透きとおるような白い頬に赤みが差していた。無事であれかし、と思った。

高みに立つと三方ぐるりと縞枯れであった。霜柱を何段も積み重ねたような横縞模様である。亜寒帯林の白桧曽《しらびそ》、栂《つが》などが、寒さで何年かおきに立ち枯れたのだという。足元の真っ暗な溶岩の穴に、色づき始めたコケモモの実が宙に揺れていた。

探勝路の終わり近くなって、薄紅色の花の群生を見つけた。桜に似た小さな花が一本ずつ咲いていた。浅間フウロと記してあるのを見て、私はオヤ？　と思った。以前、蓼科山中腹の御泉水に行ったとき、同じ花を白山フウロといった。霧ヶ峯では色違いの白い花を立フウロといった。人々の思いが、その土地ごとに別な名をつけたのだろうか。

風露草うす紅と言い白と言う

後日、千島フウロ、郡内フウロ、四国フウロ……と各種あるのを知った。

観音平

山霧や蹠《あうら》にやさし草の道

旨しとて新涼の水わかちあう

大滝湧水

虹鱒の紅を透かして水の秋

一点にとどまるごとし上り鱒

蕗の葉で旅の終わりの水を飲む

室の八島

六月下旬、歌枕の地「室の八島」に行った。図書館の学習グループの実地見学である。東武鬼怒川《きぬがわ》線の野州大塚から青田道を歩いて、下野《しもつけ》の惣社大神《おおみわ》神社に着いた。遥かな年月を思わせる杉木立の森の一角に「室の八島」があった。

――十メートル四方の堀に八つの小島を造り、堀の水から立ち昇る水蒸気を煙に見立てて歌枕にした――と、ものの本にあるが、実際には堀に水はなく、古い落ち葉が厚く積もっているだけ。小さな石の橋で連なる八島は、島というより迷路という感じである。島の一つ一つに木の祠があって、熊野神社、筑波神社……と、名札がついている。言うなれば神社のミニチュア集団である。

祭政一致の平安朝のころ、下野の国守はここに奉幣して豊作を祈願したという。国内の神社を巡拝するのが大変だからミニチュアで間に合わせた、というところが何とも現代風である。私は、芭蕉の句や詞花集の和歌よりも、このアイデアのほうが気になった。

八島を巡りながら、自宅近くの富士塚を思い出したのである。諏訪神社の境内にある、高さ八メートルほどの小山である。麓に浅間神社があり、登山道に浴って、石碑が幾つも建っている。そして頂上には木花開耶姫《このはなさくやひめ》を祭る石の祠が一つ。通称「お富士山」は神様の団地である。江戸・明治・大正の庶民は、ミニチュアの富士山に登って、どんなご利益を期待したのだろう。

「室の八島」も「お富士山」も、いろいろな神様を一まとめにして参拝する、というところがミソ。私は、日本人は何かと格好つけたがるが、案外お手軽でちゃっかりしているんだな、とほほ笑ましく思った。

入笠山

八月末に富士見高原へ行ったとき、以前から憧れていた入笠山《にゅうがさやま》に登ってうれしかった。まだリフトが完成していないので、車で行ける所まで行ってあとは歩きである。甲府から諏訪《すわ》に通じる国道20号を横切り、釜無川を渡った。赤松や唐松の茂る林道をジグザグに登って行った。辺りに白樺がふえて、尾根筋が近いな、と思ったら急に視界が開けた。

午後の日を受けた南八ヶ岳が、はっきり指呼のうちにあった。穏やかに裾を引く編笠山《あみがさやま》と西岳の後ろに、赤岳を中心とした権現、阿弥陀などの岩峰がそびえていた。

「赤岳が本当に赤く見えるわね」

妹がおどろいたように言った。赤岳の岩壁は鉄を含んでいるのだろうか。

御所平峠近くのお花畑で車を降りた。薄紫の松虫草が一面に咲き乱れていた。その中に点々と朱のコオニ（小鬼）ユリ、紅い花穂のヤナギラン、白くて小さい立フウロ……

と、亜高山帯の花は今が盛りである。

「お姉さん、登りましょう」

妹に声をかけられて、私は一瞬とまどった。左手の頂上に人影が見えている。三十分もあればいいだろう。でも夫には持病がある。

「おれなら、いいよ」と彼が言った。私はそしらぬふうに「そうじゃないの。足に自信がないからやめるの」と答えた。

妹夫婦は、樹林の中を元気よく登って行った。私たちは右手の草地にのんびりと腰を下ろした。

山頂に小さき人影夏あざみ

柵を越して牧場に登って行った。遠くから見れば美しい牧草地も案外歩きにくい。やたらと牛の糞があるし、石ころがゴロゴロしている。稜線上に、夏空を背景にして乳牛がたむろしていた。高遠の方を振り返ると、穂の出た芒原の向こうに幾重の山並みが見えた。中央アルプスだろうか。

いつかまた鈴蘭の咲くころに訪れたい。

諏訪神社

秋めいて諏訪の大社の石の橋
新豆腐大社の森をまのあたり
山裾の花火間遠でありにけり

点描のひすい色

山桜の花や唐松の芽吹きを見たくて、五月二十一日から妹夫婦と蓼科《たてしな》へ出かけた。上信道はすいていた。大きなカーブを描きながら、緩い坂を延々と上っていった。上州の山野は、新緑が深緑に変わろうとするころか。陽光の中で薄紫の山藤が咲き、白雲木《はくうんぼく》が白い花穂を垂れている。険しい妙義の山容が目立つようになると、隧道《ずいどう》が多くなる。出たかと思うと、すぐまた入る。目の休まるひまがない。

隧道の切れしつかのま朴の花

閼伽《あか》流山隧道を出ると、急に視界が開けて眼下に佐久平が広がる。右はくっきりと晴れた浅間山、左はなみなみとした水張田、正面の遠くに八ヶ岳の残雪が光る。千曲川を渡り、一路南下した。

八千穂の大石川出合いで右に折れ、麦草峠《むぎくさ》への登りにかかった。進むにつれて、雑木林は透きとおる新緑の濃淡となり、やがて芽吹きの淡色となる。山桜の花が臙脂色の葉に包まれて、明かりをともしたように美しい。

薄紅の花の奥処に迷い込む

白駒池の入り口に着いた。この辺りは、米栂、白桧曽などの常緑樹が多くて薄暗い。日陰には、まだ汚れ雪が分厚く残っている。

池への道には、氷のように硬い雪がへばりつき、しかもかなりの傾斜がある。怖いので端の方を歩いていたら「そこへ入らないで」と、きびしい男の声がした。苔を踏むと思ったらしい。

あきらめて駐車場へ戻ろうとすると、後ろからガヤガヤと家族連れが下りて来た。「ぼく、お池に行ったんだよ。お尻で滑ったんだよ」と話しかけられた。思わず「えらいねえ」と振り返ると、デニムのつなぎ服の坊やがニッコリと立っていた。

麦草峠はすぐそばだった。標高二一二七メートル。ここからは蓼科に向かって一気に下って行く。

残り雪甲斐仙丈岳へ手をかざす

二十二日の朝九時ごろ唐沢鉱泉を出た。蓼科高原をあちこち逍遥する予定だが、あいにく曇り空で、午後から降り出すという。

宿から少し登って源泉を見に行った。黄緑のビロードのような苔に覆われた平らに、小さな流れがあった。硫黄がたまっているのか、そこだけが黄白色である。私たちが近づくと、水を飲んでいた二羽の鳥がサッと飛び立った。背中の鮮やかなブルーが目に残った。夫がオオルリだという。絶え間なく湧き上がっている水に手を浸すと、ヒヤッとする。

源泉の冷たきを言う夏帽子

空を狭めている周りの峰を見上げた。白桧曽《しらびそ》は黒々とした緑だが、その下の唐松は一帯に枯れ色である。まだ芽吹く様子もない。標高一九〇〇メートル。小鳥の声だけが明るい。

芽吹けよと唐松に鳴くミソサザイ

車でゴロゴロとした石ころ道を下った。途中の唐松林に目をこらした。何となく赤っぽくなっている枝に、かすかに緑がにじんでいる。樹液の胎動が始まったか。

さらに下って行った。

「あっ唐松の芽吹き」

妹が大きな声を出した。見ると、水平に伸びた枝に緑の玉が点々とついている。私は車を降りて林の中に入った。褐色の幹を抱いて梢を仰いだ。スーラの絵のように、緑の点描が全体に広がって、幻想的ですらある。

「これが見たくて、はるばるやって来たのよねえ……」

二、三日すれば、玉は菊の花の形にほどけて今年の若葉になる。

唐松芽吹く点描のひすい色

姫木平に向かった。三井の森を過ぎて白樺湖に登り、大門峠からは煙るような唐松の新緑の中を行った。知人の山荘に着いたとき、東京では四月に咲く二輪草が群生しているのを見つけた。淡いピンクのつぼみが開くと真っ白な花になる。

　二輪草雪解けの水に手を浸す

その夜は奥蓼科に泊まった。湯みち街道はかなりの傾斜で、ところどころに小さな石仏があった。昔の人の祈りが心にしみた。宿の食堂の大きなガラス窓から、蓼科山が意外に近く迫って見えたのが印象的だった。

春蟬

六月四日から蓼科へ出かけた。去年は五月末に行ったので、郭公《かっこう》の声を聞けなかったが今年こそは、と期待していた。

一日目は春日温泉に泊まって、翌朝、小高い丘の上にある馬牧場跡へ行った。車の通るアスファルトの道に沿って、柔らかい土の道がずっと続いていた。かつての馬の道である。ほこほこと土埃を立てて登って行く馬の姿を思った。

広い牧場の起伏はしんと静まり返っていた。彼方の森ではしきりに郭公が鳴いていた。たくさんいるらしく、森じゅうで鳴き交わしていた。でも「遠郭公」ではものたりない。郭公は、ひと声、ふた声をすぐ近くで聞きたい。さわやかに鳴いたあとの沈黙に浸って、寂寥を感じたい。

丘の上からは、北に浅間山、南に蓼科山、東に荒船山が見えるはずなのに、もやっとした六月の空はすべてを隠していた。足元の茂みの中でウグイスが鳴いていた。牧場の名残の塔を巡って帰ることにした。

下って行くと、辺りに薄日が差してきた。と、そのとき、森全体にビョーンという音が響き渡った。無数の春蟬がいっせいに鳴き出したのだ。オルガンの音のような、しびれるようなビョーン……。森の外れに石仏が数体、夏草に埋もれていた。

昼顔や台座の銘を読みがてに

蓼科牧場へ向かった。登って行くと、赤松や唐松に混じって白樺が目立つようになった。平地より遅い桐の花が、空へ溶け込みそうな薄紫に咲いていた。巻き上がった山藤の花が、高い木の上で咲きこぼれていた。

女神湖を過ぎて、野外ステージのそばで車を降りた。目の前に蓼科山があった。優しい裾を引く草地の上に、丸い頭がぬっと現れた。ビーナスラインを走るとき、どこへ行っても見え隠れしている山頂である。深緑の森の奥の方で郭公が鳴いていた。

広場の近くに数本のズミの木があった。梅の花に似た小さな白花が盛り上がって咲いていた。写真をとろうとしたとき、キョキョキョッ、キョキョキョキョッと、せわしない鳴き声を聞いた。あっ、時鳥《ほととぎす》だ、と思った。辺りを見回しても姿はない。澄んだ声だけが耳に残った。でも、こんな近くでは趣がない。時鳥は遠くで聞きたい。暁暗に山の方から伝わってくる声に、郷愁を感じたい。

朱のレンゲツツジがむらがり咲く草地で、ウグイスが鳴いていた。私の心を読んでいるかのように、行く先々でさえずりを聞かせてくれる。

うぐいすの次なる声はどの辺り

六月の空はふしぎ。遠い山並みは霞んでいても、真上の空は青く晴れていた。白樺湖のそばの大門峠を過ぎて、少し下ると姫木平である。標高一四〇〇メートルの高原の林は、春蟬の鳴く音に包まれていた。ビョーン、ビョーン……とうるさい。郭公も時鳥も何も聞こえない。

山荘でお茶を飲んでいると、ふっと静かになった。庭先を流れる水の音、遠い郭公の声……。急に物音がよみがえった。私は「ああ、そうか」と思わず口に出した。春蟬は日差しが陰ると鳴きやむのだ。わずかな照り陰りに忙しく反応している。まだ春蟬そのものは見たことがない。春に鳴く蟬というのではなく、春蟬という種類があるとか。

春蟬の日陰ればやむ大門峠

庭先の流れの音がめっきり小さくなった。五月のころは、雪解け水が溢れるように流れていた。そのほとりに二輪草が群生して、たくさんの白花が風に揺れていた。今は花も端境期。苦菜や姫女苑《ひめじょおん》などの雑草が生い茂り、枝葉を伸ばした木々の間から、沢胡桃の長い紐のような花穂が垂れている。やがて黄菅の咲くころ、流れの水は涸れてしまうだろう。

せせらぎはついに見えずよ沢胡桃《くるみ》

梅雨入り前の美ヶ原は何も見えなかった。濃い霞の奥に北アルプスの山々を、おもかげのように思い描くよりほかなかった。広大な牧場には、黒い乳牛が点在して冷たい風に吹かれているだけだった。昔の塩クレバには、美しの塔がたっている。

夏野道ふた別れして塩クレバ

その夜に泊まる扉温泉まで、曲がりくねった急坂を下った。深い緑の谷間にひっそりとしたダム湖があった。きりぎしの宿の裏庭に紅い九輪草が咲いていた。青葉木菟《ずく》の声を期待したが、滝音が激しくて聞けなかった。

犀川の源流と言う九輪草

一瞬のいただき

十月七日から八ヶ岳と南アルプスの山麓を巡った。あわよくば、長年憧れていた夜叉神峠に登りたい、という思いがあった。

一日目は北佐久から蓼科を横断した。途中水族館に寄ったが、魚類よりもテラスから眺めた南八ヶ岳の淡いシルエットがよかった。赤岳も権現岳も遠望すれば意外と優しい。

その夜は富士見の山荘に泊まった。明け方ヒクヒクという低い獣の声を聞いた。食べ物を求めて、山荘の周りをうろついていたのだろうか。それとも人恋しくてか。夜の白むまでじっと耳を澄ましていた。ときどき木の実の落ちる音がした。

榧《かや》の実のほとほと雨戸叩きけり

朝出かける前に庭で茸採りをした。赤松林なのに、松茸の影すらもない。松の根元や走り根に、いい匂いのする栗茸が生えていた。これは食べられる。採り出すと面白くて幾つでも欲しくなった。

　茸採り童女に戻る草履はき

小淵沢から白州町に下って、釜無川に沿って進んだ。駒ヶ岳神社で、甘くて渋い天然水を飲んだ。花崗岩の味だ、と思った。そのせいか尾白川の石は、どれも白っぽい。崩れやすい地質らしく、あちこちに砂防ダムがあった。山頂から幾段にもなっている砂の流れを見ると、地元の人の苦労が思いやられる。

　コスモスや雲に紛れる砂防ダム

白根町から南アルプス林道に入った。芦安村《あしやす》は、分け入っても、分け入っても、深い森に囲まれた急坂の村である。

　この奥に集落のあり櫨《はぜ》もみじ

夜叉神の森に着いたのは昼ごろ。すごい混雑で駐車スペースが全くない。あきらめて、北岳登山口のある広河原へ向かった。野呂川渓谷は深い森である。

天窓のように青空岳もみじ

天井から水の滴るトンネルを幾つか抜けて一時間ほど行くと、眼下に一大駐車場が出現した。水の涸れた砂利ばかりの広河原は、昔聖地といわれたところである。上を見ると、北沢峠から下ってくるボンネットバスが傾いたまま走っている。傾斜がきついのだろう。

北岳に一歩でも近づきたくて、釣り橋を渡ろうとしたとき、正面の大樺沢の霧が晴れた。墨絵のような岩峰が現れた。ハッとして思わず立ちすくんだ。神々しいばかりの幻。

山霧や一瞬のいただき拝みけり

二日目は芦安に泊まり、あくる日武田八幡神社へ行った。ここには勝頼夫人のせつせつとした仮名書きの願文が奉納されている。滅亡の一月前であったという。

願文を声出して読む杜の秋

門前の草むらに珍しいものがあった「一石百観音像」。レリーフになった百の観音様のかたわらに、二匹の蝶が舞っていた。

富士見高原

地を染めて桜しべ降る山峡《やまかい》の小さな駅におり立ちにけり

甲斐駒岳はついに見えざりあやめ咲く休耕田の丘にやすらう

山のはな静かに歩む人影のふいに消えたり穂ばらみのころ

唐松の林に住みて「静寂を買いたり」といい原書読みつぐ

（『朝日歌壇』掲載）

野仏にすきまもあらず絡みつつ昼顔は花あまた開きつ

児に習いサルビアの花なめながら甘いかと問われほほ笑みている

ひと夏を閉じしままなる山荘に松虫草うす紫に揺る

夕映えの群雲なべて乗鞍へ御岳山へと向きて輝く

野を遠く湖に沿いたる街あかり赤黄みどりと潤みきらめく

秋北斗しずかにしずかに回り行け残りの命刻みてあれば

移りゆく秋雲の間にあらわれし阿弥陀岳の秀くろく輝く

つやめける泉のほとりの苔を踏む罪のごとくに思いながらに

紺いろの山並みの涯白く照る峰一つあり北岳と思う

薄あおき影となりたる八ヶ岳黒木の森に隠れゆきたり

姫木平

くれないの莟ひらきて花となる一輪草は雪解のほとり

ここよりは涸れ川となる辺りにて朱をともすごと仙翁花咲く

山上の牧の水流音なくて風露草うるおし野芹を洗う

ゆるやかに巻く山の道越えくれば黄菅の原は空に続けり

辿りゆく八島湿原霧こめて霧よりふいに道を訊きくる

うすれゆく夕映えのなかアルプスの稜線を指し去りがたくいる

きりぎしの出湯にあれば花桐の薄紫はけぶるごとしも

三浦半島

岩礁にまつわり来たる春の潮ふいに飛沫《しぶき》のわが頬をうつ

沖遠くかげろうのごと光満ち帆走の群れ消えてゆきたり

断崖に夕光淡くたゆたいて長き竿垂る独りの男

遠き世の皇女のみ墓に詣でんと波打つ段をしばし見上げつ

神流川溯行

神流川岸辺のみどり綴るごとニセアカシアの白花咲けり

葉がわりの竹の枯れ色あちこちに御荷鉾《みかぼ》の山は夏に入りゆく

「秩父」へとう標識のあり山峡の青葉がくれの土橋を渡る

ただ暗き山懐ろを伝い来る河鹿の声を聞きて眠らず

父母との別れ

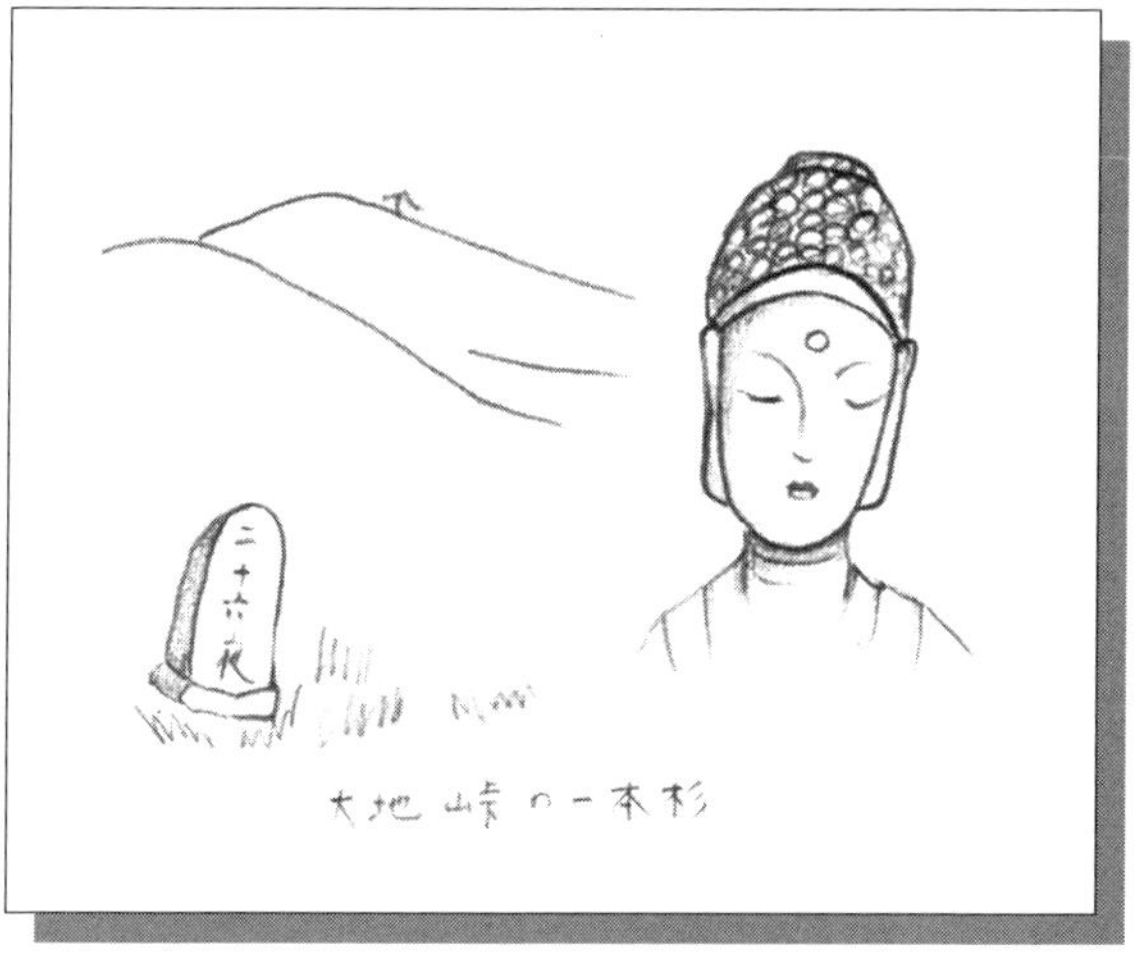

逗子の海

血圧一四〇／七八、体温六度三分。若い医師が首をかしげた。

「どこが悪いの？」

「今朝、倒れたんです。毎日熱が出るし、食欲もありません」

八十歳の老人の病気は表面だけ見たのではわからない。私は必死になって症状を訴えた。レントゲン検査の結果、父は肺炎だった。

入院手続きをすませて病院の玄関を出ると、冷たい一月の風が土埃をまき上げていった。私はバスを待ちながら、これから始まることへの不安を噛みしめていた。

父は昨年から体調が悪かった。春に下腹部が痛み、夏にはお酒がまずくなった。秋になって草津へ旅行したあとは、ときどき腰が痛んだ。顔色も冴えなかった。

庭の牡丹の赤い花芽が緑のつぼみにかわった。四月末には花びらの色をのぞかせた。

ピンク、白、臙脂《えんじ》……ひらいてから大きくなる、という感じで、たちまち大輪の花が幾つも咲き乱れるようになった。

「きれいですね」

「今年も咲きましたね」

道行く人が声をかけてきた。退院した父はうれしそうにうなずき返していたが、例年のような元気はなかった。

「俺はもう、来年はこの花を見られない」

竹の支柱を立てながら、ひとりごちた。

異常に細い足、治らない坐骨神経痛、ときどき起こる腹痛といった症状に死を予感したのだろうか。


数日前から父の神経痛が烈しくなった。昨夜は痛み止めが全く効かなかった。八時、十一時、一時……と座薬と飲み薬を使ったが、一晩中唸り続けた。看ている母も八十歳。共倒れになりかねない。

けさは、うすら寒いしとしとと雨が降っている。五月でもこんな日もあるのだ。

一時間目の授業が終わったところで、整形外科のN医院に電話した。勤務校の前にあるI病院に入院が決まった。ありがたい。

午前中の授業を代わってもらって帰宅。すぐ救急車を呼んだ。

父は担架の上から、じっと自分の部屋を見まわした。「もう、二度と戻れない」と。

午後の授業をすませて四時にまた病院へ。父は注射で痛みを止めてから安らかな顔をしていた。これからは、ナースや、まわりの患者たちに、どんなにか世話になることだろう。ただただ頭を下げるばかり。

夜になって、N医院に申し送り書を取りに行きナースセンターに届けた。帰宅したのは九時過ぎ。きょうだいや、親戚に電話をして、やっと一日が終わった。めまぐるしい一日だった。もうすぐ五十五歳になる私は、ほとほと疲れてしまった。

一週間後、父は神経ブロックの管を背中に通した。細い管に痛み止めの薬を注入して、直接患部に届けるのである。

そして五月から六月にかけては起き上がって食事をし、歩行器で洗面所へも行った。

七月に入って主治医から説明があった。

「腹部から転移したガンで背骨が崩れている。痛みを止めるしか方法がない。この夏は越せないでしょう」

私は、レントゲン写真を正視できなかった。生きているのに、背骨の下の方がバラバラになるなんて……。いずれ別れは覚悟していたが、悲しくて涙があふれた。何をやってもうわの空。学校で仕事をしていても、頭のすきまをねらって悲しみが押し寄せた。

夏休みに入ったある朝、七時前に病室についた。やせ衰えて目ばかりギョロギョロさせた父が、「ゆうべは一晩中痛んだ」と、つらそうに言った。二度目の神経ブロックも、もう効かないのだ。

ナースにモルヒネ注射を頼んだ。肩に無造作に針を突き立てるのを見て心が痛んだ。「もっと、やさしくしてやってよ」と、言いかけたのをこらえた。皮膚が注射のために固くなってしまっているのだ。

父が落ち着いたので窓をあけた。白っぽいビルの向こうに、紺青の空が広がっている。

「お前をおぶって泳いだなあ」

父のトロンとした目が動いた。夏雲の光が、遠い日の海につながったのだろうか。私の心にも、しがみついた父の肩の記憶がよみがえった。

玉蜀黍の葉がサラサラと鳴る、逗子の田舎道を下って行った。茅葺き屋根の軒下に青い海がチラッと見える。思わず急ぎ足になると、海がぐんぐん近づいて来る。道がなくなり、キラキラした海が大きく広がった。

私はワーッと歓声をあげて駆け出す。熱い砂の中をよろけながら夢中で進む。

「さあ、お父ちゃんと一緒においで」

おぶわれて海に入って行く。足が水に浸かり、しぶきが顔にかかると不安になる。

「帰ろうよ、帰ろうよ」

ふわっと浮いて、波が目の前に迫る。

「いやだ、いやだ」

泣き叫ぶ三歳の私。おもしろがって、泳ぎまわる若い父。

七月末になって、父は食事をとれなくなり大部屋から個室へ移った。イランから一時帰国した弟と、父の妹の叔母と、私たち姉妹で、ローテーションを組んで看病した。

夕方、隣室のMさんが息を引き取った。医療器械を入れる音や、慌ただしく歩きまわるナースの靴音がした。ふりしぼるような女性の嗚咽が聞こえたあと、しんと静かになった。

「人間は、なかなか死なないものですね」

廊下で話す声がした。ひまをもて余している患者たちだろう。

私は、憤りと共感がないまぜになった気持ちで、父の枕元に立っていた。

——聞こえただろうか——

ガン患者は、すべての生機能がだめになっていくなかで、耳だけは確かなのだ。

「Mさんとも、お別れだな」

そう言いながら父はじっと窓の外を見ていた。暮れてしまった空には、ビルのアンテナの赤い灯が点滅しているだけだった。

Mさんは四十九歳。まだ働き盛りの腕のいい大工さんだったが「飲む、打つ」が大好きで、とうとう身上《しんしょう》も体もこわしてしまったという。胃ガンの再入院だった。

父が入院したとき、彼は大部屋の主《ぬし》だった。頼まれもしないのに、食事を運んだり、テレビをつけたりして皆の世話をやいていた。

「安静にしなさい」とナースが叱ると、「て、やんでえ」と、そっぽを向いた。

それが七月になると、急に無口になってしまった。私が朝早く行くと、静まり返った廊下でひとりぽつねんと煙草を吸っていた。声をかけても返事がなかった。

しばらくして、食事どころか水も飲めなくなって、個室に移っていった。

立秋の日の午後、父は眠ってばかりいた。ときどき目覚めると、ぼんやり空を見ていた。何を考えているんだろう。

ふいに外壁のすきまから雀が飛び立った。

「あら、こんなところに雀が」

「巣があるんだよ。親が餌を運んでいた。ビルのアンテナにはヒヨドリも来るよ」

六階の病室から見えるものは、コンクリートと空だけではなかったのだ。

「ゆうべは虫の音を聞いたよ……。お彼岸ごろまでいれば何とかなるだろう」

父は治るつもりで秋を待ちわびているのか。それとも、そのころサヨナラをするというのか。絶望させたくはない。

その夜の父は興奮してほとんど眠らなかった。「ベッドが半分しかない」「平らに寝かせてくれ」「立ったままじゃ眠れない」と言い続けた。錯覚だとなだめても、どうしても納得しない。下半身マヒのせいだ。身動きもできないのに「トイレに行く。スリッパを出せ」「風呂に入りたい」「家に帰りたい」と、私を困らせた。

午前一時、二時、三時と、いつまでも目をパッチリと開けていた。夜明けになってから「八十にもなって、こんな死に方をするなんて」と泣いた。

翌日、主治医に呼ばれた。

「薬のせいで錯乱することもある。点滴だけでは基礎代謝に足りない。今月いっぱい持つかどうか。これからは眠っていることが多いでしょう」

仕方がない。心残りのないように、できるだけの手を尽くそう。

病室に戻ると、父は痛み止めの入ったワインを飲んでいた。これは効くらしい。

「寒い。陽の当たるところへ行きたいよ」と、向かいの大部屋の方を見ていた。窓越しに夕陽がきらめいていた。

朝目覚めると、父のことが重く心にのしかかった。この現実から逃げ出したい、と思った。夏休みが終わるというのに、二学期の準備が全くできていない。気を取り直して勉強しなければならない。

今日は登校日、教室へ行くと、いっせいに子供たちが寄ってきた。

「先生、お父さん大丈夫？」

「先生やせたみたいだよ」

熱気でムンムンしていた。

リコーダーの合奏をした。カッコウとメヌエット。指揮をする指先に視線が吸いついてくる。ハーモニーがぴたっと合うと、皆がニコッとする。私は自分が子供たちに支えられているのを感じた。

仕事を終わって病院に行くと、Kさんが母親と一緒にお見舞いに来てくれた。いつも元気に走りまわっている女の子が、神妙な顔をして紅いバラの花束を抱えていた。

私は、よれよれになってしまった父を見せたくなかった。外からくれば病室の臭いにも気づくだろうと、廊下で話をした。

「春から皆さんにご迷惑をかけどおしです」

「いいえ、先生は子供たちに良いお手本を示してくれました。今は、年老いた親の世話をしたがらない世の中ですから」

母親の好意がうれしかった。

病室に入って花を飾った。よどんだ空気の中で、つやのある紅が美しかった。眠っていると思った父が、はっきりした声で言った。

「お前の生徒に会いたかったよ」

半開きのドアからKさんが見えたらしい。

これから芽吹いていくような若いいのち。かげろうのように漂っているいのち。私はKさんを父に会わせなかったことを後悔した。


八月末のある夜、私がいつものようにワイン入りの吸い飲みを用意すると、父は自分で飲むと言う。まだ手が使えるから大丈夫と思いそのままにしたが、小一時間しても飲まない。

「お父さん、飲まないと痛むよ」

と言うと、

「うるさいッ」

と、苛立った声が返った。

「飲みたくても飲めないんだ」

父の目のふちが赤く潤んでいるのを見て、私はハッとした。そういえばこのごろ、水を飲むときノドをヒクヒクさせて苦しそうだった。

「Mさんと同じだな。もう一度大部屋に帰りたいよ」

父がか細い声でつぶやいた。ナースが私を呼んだ。

「これからは、注射しかありませんね」


九月になった。弟はイランの任地へ帰り、私は学校の二学期が始まって、今までのように病院に行けなくなった。

父は中心静脈への高カロリー点滴をするようになっていた。水は全く飲めない。氷水に浸したガーゼで口を濡らすだけである。

まぶたを動かすだけのうなずき、いやいや。あとは赤ちゃんのように痛みを訴えるだけ。両手が白くむくみ、背中に水がたまってしまった。主治医は、いつ死んでもおかしくない状態だ、と言った。

ひっそりした日々が過ぎていった。昭和五十六年の夏は雨が多かった。お彼岸に入るとすぐ、金木犀の花が咲いた。


二十一日は妹が看ていた。

父は死を悟ったのだろうか。午後の回診のとき、別れの挨拶をしたという。

「これが最後です。お世話になりました」

「そんなことありませんよ。がんばって」

父は若い主治医を心から信頼していた。

妹から「お父さんが会いたがっている」と学校に電話があった。急いで駆けつけると、

「俺は今日死ぬから、皆を呼べ」と言う。まさか本当とは思わなかった。

夕方から息音が烈しくなった。電灯をつけたのに「暗い、暗い」と言った。

「サカエ、みみ」

「チエ、みみ」

私たち姉妹は、かわずがわる父の口元へ耳を寄せた。ハァハァという息音ばかりで、何を言っているのか分からない。キョロッと見開いた目が、何かを訴えていた。

夜遅くなって息音が静かになった。トロンとした安らかな目になった。私は氷水で父の口を濡らし痰を取っていた。

「疲れるといけないから、またあとでね」と、しまいかけると、「もう一度」と言った。開きかけた口が、ふいに止まった。白目を出して眠ったかのようだった。覚悟はしていたはずなのに、思いがけない死であった。

心電図が止まったのは、午後九時四十七分。霊安室へ移す途中、庭隅で青松虫がきつい声で鳴いていた。

たくさんの人のお世話になった。私は「ありがとう」と大声で叫びたい心境だった。

ガン病みて口に含める梨もどすそのころすでに諦めていし

お彼岸に木犀の咲きし年あり香の満つる中父は逝きたり

金木犀こぼるる夕べ世の中のもろもろのこと遠く在りたり

月待ち

弟夫婦の世話になっている八十九歳の母が、腰痛で入院したと連絡があった。

さぞ痛がっているだろうと急いで病院に駆けつけると、意外に元気な顔でベッドに腰かけていた。

「お前来てくれたのかい。トイレに行きたくて待っていたんだよ」

歩行器をそばに寄せてあげると、自力で廊下の方へ歩いていく。

「お母さん、ひとりで大丈夫じゃないの」

「何言ってんだよ。痛くて、痛くて大変だったんだよ」

トイレから戻ってくると、ベッドに這い上がって、私の前に両足を突き出した。

「揉んでおくれ」

「お母さん、臭いよ」

「当たり前だよ。もう三日もお風呂に入ってないんだ」

足揉みがすんで、やれやれと思ったら「背中をさすって」「爪を切って」と、矢継ぎ早の催促である。私はカッカしてきた。

「もういや、私だって還暦過ぎたおばあさんなんだ。疲れちゃうよ」

ヒステリックな声を出したのに、母は聞こえないふりをして「え、え」と聞き返す。

私は、母の慎みのないずうずうしさに辟易《へきえき》している。昔は自分よりも家族を大事にする優しい人だったのに、いつのころからか変わってしまった。高齢になってからは、白内障、逆さまつ毛、脊椎変形症……と医者通いもふえた。もし寝たきりにでもなったらどうしよう。今どきのお嫁さんが下の始末をするとは思えない。実の娘だっていやなのだから。

まどろんでいた母が、パッチリ目を覚まして問いかけた。

「ねえ、百まで生きてもいいかねえ」

「そんなことだれも分からないわよ。人の生き死には、神様の決めることですもの」

私には母の期待が痛いほど分かっていたが、その場しのぎのことは言えなかった。

平成元年二月初めの寒い日のことだった。

その年の八月半ば、弟一家の箱根旅行の間、母を預かった。私は前年の膀胱手術の後遺症で不快感に悩まされていたが、母の相手をすることで気がまぎれた。「まだら呆《ぼ》け」というのだろうか、母は役に立つこともあった。廊下の拭き掃除、洗濯ものたたみなどをやった。

夜は枕を並べて寝た。そして山梨県の故郷へ帰りたいと、「月待ち」の話をした。陰暦二十六夜の月の出には仏様が現れるので、お供え物をして拝んだという。今でも、母の里から山一つ越えた秋山川沿いには、二十六夜塔が幾つかある。私は、月に向かって祈る少女のころの母を思って切なかった。

翌年の四月一日から十日ばかり母を預かった。姑のおもらしに苦労している弟のお嫁さんの息抜きになればいい、と思った。

来た日の午後、母をお花見に連れ出した。卒寿ともなれば、来年の花は見られるかどうか分からない。ちょっと気が重かったけれど、錆びかかった車椅子を物置から出して、近くの公園に行った。満開の花は、一ひら二ひら糸を引いて散り始めていた。

「お母さん、桜よ。分かる？」

「きれいだね。ピンクのかたまりだね」

そうはいってても母はあらぬ方を見ている。

「こっちよ。ほら、ちゃんと見て」

私が指さしても、なま返事をするだけ。

あとで気づいたのだが、お花見は私の独りよがりだった。このころすでに母はテレビも見なくなっていたし、サヤインゲンのすじ取りも、雑巾縫いも一分と続かなかった。

知り合いの大工さんが通りかかった。

「おばあちゃん、元気だね」

母は知らぬふりをしている。

「聞こえないものですから……。もう九十歳なんですよ。いつまで苦労が続くのかと思います」

「そいつを言っちゃあ、いけねえや」

私はハッとしたものの、すぐ心の中で反発した。きれいごとはだれでも言える。しかし、老親の介護をしている人は、心から親の長寿を喜べるだろうか。みんな「やがては我が道」と思って耐えている。その道も、次の世代では安楽であるという保障はないのだ。

母のおもらしは、ますますひどくなっていた。尿もれパンツを用意してもいやがってはかない。トイレに続く中廊下は、びしょびしょに濡れていることが多かった。

秋になって、弟の海外転勤もあり母は施設に入った。十二月に脳梗塞で倒れたと知らせがあったが、私は持病の再発を恐れて最後までお見舞いに行かなかった。

平成三年三月十四日早朝に母が死んだ。もう少しで九十一歳になるところだった。半月ほど前から眠ったままだった。

電車とタクシーを乗りついで、青梅の病院に着いたのは午前九時。梅の花の匂ってくる明るい霊安室で対面した。一まわりも二まわりも小さくなった母は、別人のように彫りの深い顔をしていた。滑らかな肌で、皺のないのが不思議だった。高齢になって死ぬと、だれでもこんなふうになるのだろうか。

額から頬、あごと撫でていくうちに、生前の姿が彷彿として、どっと涙が溢れた。

「安らかな顔でよかったね」

姉妹三人でうなずき合った。別れのときの顔は、遺族の心にいつまでも残る。それによって安堵もし、悔やみもするのだ。

「もういいでしょう」

ナースが、母のあごから頭にかけて結んであった包帯を取った。入れ歯を外した口元が形よく整えてあった。

その日のうちに、母を池袋のお寺まで移すことになった。硬直しているとはいえ長時間車に揺られるのは不安だった。中央高速から首都高速4号線に入ったとたん、マヒといいたいほどの渋滞に巻き込まれた。赤坂トンネルを抜けるまでは、一寸刻みの進みようであった。私は、母の口が開いてしまわないか、と心配した。

葬儀の日、母にゆかりの人々が大勢お別れをしてくれた。「穏やかないいお顔ですね」という言葉がうれしかった。、私は、お棺の中に別れ花を繰り返し入れた。かつて「百まで生きてもいいかね」ときいた母の心根を思っていた。

安らかな死に顔だったからといって、母が終始平安な心で人生の終わりを迎えたとは思わない。衰弱していく過程では、不安、恐怖、焦燥……と、さまざまな思いが去来したことだろう。それとも「二十六夜」の月の仏に祈っていたのだろうか。

卒寿経し母が眠りに聞きしとう遠き水音はかり難しも

山茶花の紅に触れんと庭先へ漂い出づる母に添いたり

たかぶりてヒロインのごと濡れており母の葬りの雨は烈しき

別れ

祭り笛消えゆく時にこみあげる
はるかまで月明の宙見つめたり
眼差しに一瞬のかげ冬薔薇
薄青い二月の空よ人が逝く

「白骨の御文」唱えて二月尽

早春や耳やわらかく夫逝きぬ

死にぎわの一言が欲し春の朝

霊園の芽吹きの果てや海鳴りす

瞑目のごとく冬菊咲きてをり

あとがき

　私は五十八歳で小学教師を退職した。家に居るのは嬉しかった。部屋を片付けたり、ご近所と話をしたり、そのうちに夫と二人で小旅行もするようになった。

　六十歳代後半の頃、体に軽い違和感があり病院で検査を受けたが、どこも悪くないと言われた。

　七十歳代に入ってすぐ、体に軽い症状が現れたとき、私はショックだった。東京都老人医療センターの入口で、ソファのところに倒れ込んでしまったのだ。それは何の前触れもなく、耳鼻科にはじめて受診したときの一瞬の出来事だった。しかしその後、このようなことは二度と現れなかった。

　私も歳だなあ、いつ何があるか分からない。何かこの世に生きたしるしを残したいと、痛切に思った。

『移りゆく季節に』の題名で、印象に残っていることを本という形で残したいと思った。それまでに短い間だったがＮＨＫ学園、朝日カルチャー、俳誌「河」で多少の勉強はしていた。まだ時間はあると、せっせと書き出した。出版となればさまざまな配慮は必要だし、誰かの指導を受けたかった。新聞の投書にはしばしば採用されていたが、師はいなかった。

それでも平成十年十二月に自費出版本が発行されたときは嬉しかった。今回五年もたってから正式な出版をという話があった時、身内の者は皆、ボケ防止にいいと言ったが、私にとってはそんな生やさしいものではなかった。

ともかく一冊の本として発行できたことは多くの皆さんのお陰である。心からお礼を申し上げたい。

平成十五年七月

著　者

著者プロフィール

高桑 サカエ（たかくわ さかえ）

東京都生まれ。

昭和21年、東京第一師範女子部を卒業。

板橋第五小学校、大山小学校、上板橋小学校、高島第三小学校、高島第七小学校の教員として長く教職にたずさわり、昭和59年に退職、現在にいたる。

移りゆく季節に

2003年 9 月15日　初版第 1 刷発行

著　者　高桑 サカエ
発行者　瓜谷 綱延
発行所　株式会社文芸社
〒160-0022　東京都新宿区新宿1－10－1
電話　03-5369-3060（編集）
03-5369-2299（販売）

印刷所　株式会社エーヴィスシステムズ

ISBN4-8355-6203-8 C0095